訳詩

うつくしい道をしずかに歩く

今語っているものは神
あなたの足で私は歩く
私はあなたの肢体で歩く
私はあなたのからだを運ぶ
私にかわってあなたが思う
あなたの声が私のために語る

美がまえにある
美がうしろにある
美が上を舞う

美が下を舞う
私はそれにかこまれている
私はそれにひたされている
若い日の私はそれを知る
そして老いた日に
しずかに私は歩くだろう
このうつくしい道のゆくまま

＊ナヴァホ・インディアンの讃歌、真木悠介訳（出典＝*Walk Quietly the Beautiful Trail: Lyrics and Legends of the American Indian*, Hallmark Editions, 1973／真木悠介『気流の鳴る音』ちくま学芸文庫、二〇〇三年、一三～四、三六～七頁）

うつくしい道をしずかに歩く——真木悠介 小品集

目次

I　旅と心のある道

Ⅲ　解放から交歓へ

本書について

本書は、真木悠介（一九三七〜二〇二二）の単行本未収録作品を中心に、エッセイや論考、訳詩、講演を集成した、河出書房新社編集部によるコレクションです。〈近代のあとの時代を構想し、切り開くための比較社会学〉の端緒に位置づけられる『気流の鳴る音――交響するコミューン』（筑摩書房、一九七七）などの著作で語られた、真木の思想のエッセンスにふれることのできる一冊として編まれました。

本書のタイトルとした「うつくしい道をしずかに歩く」は、『気流の鳴る音』の中で著者自身が訳出した、「ナヴァホ・インディアンの讃歌」をもとに編集部が付けたものです。また本書は、「Ⅰ　旅と心のある道」「Ⅱ　詩とコミューン」「Ⅲ　解放から交歓へ」の三つのパートから構成されており、各パートのタイトルも、真木の著作から編集部が関連するキーワードを抽出して付しました。

「Ⅰ　旅と心のある道」には、真木が編集委員を務めた雑誌『80年代』（一九八〇年一月創刊）の連載を収録しました。いずれも、インド、メキシコ、アメリカ先住民の世界への旅の経験を経て書かれた、『気流の鳴る音』のモチーフと関わりの深いエッセイです。末尾には、『気流の鳴る音』以降に展開された著者の仕事のひとつ『時間の比較社会学』（岩波書店、一九八一）の導入となる作品を置きました。

「Ⅱ　詩とコミューン」では、屋久島で暮らした詩人・山尾三省（一九三八〜二〇〇一）についてのエッセイなどを集成しました。山尾は、八〇年代以降に真木がコミューンをめぐる思想を共有し、対話を重ねた人物のひとりで、両者の交友関係は詩人が亡くなるまで続きました。このパートには、現代美術家・杉本博司（一九四八〜）の写真集に著者が寄せた序文も掲載しています。

「Ⅲ　解放から交歓へ」に収めたのは、社会学者・見田宗介が〈真木悠介〉名義ではじめて発表した本格論考「解放の主体的根拠について——根底的解放の理論のために」（一九六九）、そして真木名義の論考としては最後のものとなった「ダニエルの問いの円環」（二〇一三）です。他に自著解説や書評も採録しました。

なお、本書には一部、本名の見田宗介として発表した関連作品も収録していますが、それについてはタイトルの下に著者名を明記しています。本文中の〔　〕と文末の＊は編集部による注です。

本書編集のための資料調査の際には、佐藤健二『真木悠介の誕生——人間解放の比較＝歴史社会学』（弘文堂、二〇二〇）の「書誌篇」を参照しました。記して感謝いたします。

河出書房新社編集部

うつくしい道をしずかに歩く——真木悠介　小品集

I 旅と心のある道

比較社会学ノート 一

野草

〈大地の上には花と歌〉というナワトル族の哲学詩のなかの一節に、「ぼくたちの生のゆくえはだれにもわからない。けれどもこの世ではこの世の花でぼくたちは友情を織る」という意味の一節がある。

何年かまえに、コミューンやそのほかのかたちで、ユートピア的な集団をつくろうとしているさまざまなグループのあいだの交流の会のひとつで、理想的な共同体をどのようにしてつくることができるか、というような話になったことがある。ぼくはそのときにこんなことを言ったと思う。いい集団というのはたぶん、まず集団のユートピア的な青写真があってメンバーを募集するのではなく、コミュニカルブルな（通じあえる）人と人との関係がまずここにあって、その関係の網の目が深まり定まってゆくときに、しぜんにいい集団ができてきてしまっているのではないか、と。

ものぐさでなにもやりたくないぼくが『80年代』という雑誌にかかわることになったのも、

岸田〔哲〕さんとか野本〔三吉〕さんなどがやる仕事だからということで、この人たちがやる仕事ならば、必ずすてきなものになるだろうし、失敗してもそれはそれでいいと思ったからだ。『80年代』『コミューン』『野草』という三つの題名があって、ぼくは野草がいちばん好きだった。『80年代』とすることになったけれども、発行社名は野草社であるし、〈野草〉のイメージを重ねあわせてゆきつづけたいと、ぼくは思っている。

『80年代』というなまえがなぜ好きでなかったかを書くと、年代をそういう風に区切って生きることを、なるべくしたくないのです。ほんとうは宇宙のなかに一九八〇年も二〇〇〇年もなく、「今」がありつづけてゆくだけだ。人間だけが、そしておそらくある種の文明の人間だけがこの「今」のなかに年号を区切り、自分でつくったこの年数をどこかに実在するもののように物神化してしまったことで、「今」のたしかな感触を疎外してゆく。少なくともジャーナリズムなどで「何十年代」ということを語られるときの語られ方は、いつも目新しいものに向って、ぼくたちの生をうわすべりに貧しくしてゆく罠であることが多いように思う。

けれども何人かの友人たちのこの仕事へのとりくみをみているうちに、べつの考え方をしようとぼくは思うようになった。西暦の年号などはもちろんひとつのフィクションだけれど、紀元二〇〇〇年という千年に一度の区切りのなかに、この二千年をそこで総括してのりこえてゆくすてきなイメージを結晶してゆくこともできる。ぼくたちはこの「二〇〇〇年」を、世界中のあたらしい生き方や感じ方を獲得した人間たちの踊りの環によって祝われる紀元祭の年として設定しておこうと思う。あたらしいと書いたけれども、それは反対に、人類の最も古い土俗の感覚の蘇生であるようなものもあるだろう。いずれにせよそれは、ここ二千年（実質的にはここ数百年）この惑星を支配してきたひとつの型の文明の呪縛から解き放たれた人間たちになるだろう。そしてこの祭りのなかで、人類はあたらしい暦をえらぶかもしれないし、あるいはもはや年号をかぞえるという生き方に関心をもたなくなるかもしれない（それはもう二千年ほど先のことだと思うけれども）。

〈80年代〉はこのような祭りの準備の時代となるだろう。そして準備が祭りのためにあるよりも以上に、祭りは準備のためにあるのだ。「二一世紀への準備」という意識のためにぼくたちの生が未来に向って浮き立つならば、そのようにまずしい〈80年代〉からは、まずしい未来しか生まれてこない。〈80年代〉をぼくたちがそれ自体として深く生きることをとおして、はじめて〈二〇〇〇年〉もまた、真に新しい世紀を開くことになるだろう。

このようにとらえるときに、未来や年号というマーヤー（幻影）は、ぼくたちの生を上すべりに貧しくする罠ではなくて、ひとつの夢を分ち合う人と人とを結ぶきずなとして、ぼくたちの現在の生を深めるものとなるだろう。

〈大地の上には花と歌〉というナワトル族の詩の一節は、古代インドのバガ・ヴァッド・ギーターのなかでクリシュナのことばとされる。「三界のなかにわたしのなすべきことはなにもない。それでもわたしは行為に従事する」という感覚ともはるかに呼応している。

「その幻影は同じなんだ。でもぼくは、ぼくの形やぼくの大地の幻影のほうが好きだ。たぶん、それはぼくのわがままだろうけれどね」と、もうひとりのメキシコ・インディオはいう。（C・カスタネダ『力の第二の環』真崎義博訳、二五〇頁、二見書房）。（「ぼくの形」は人間のこと、「ぼくの大地」は自然のことだと思う）。

「二〇〇〇年」も「80年代」も、宇宙のなかでぼくたちの描くひとつのマーヤーだ。けれどもひとつの美しいマーヤーをえらんでこれを真実に生きぬくということのほかに、宇宙のなかにどのような実存性もないのだ。レアリティとは、人間がひとつの夢を生きぬく仕方の真実性のうちにあるのだ。

ぼくたちにみえない時間のはてにまで深く生い茂る〈野草〉の上を、ぼくたちのえらんだマーヤーとしての〈80年代〉の環が踊る。そしてこの時代のうちにこの時代の花でたしかな友情を織りあげてゆくことをとおして、未来もまた開かれてくるという道をえらびたいと思う。

＊

こういうことがなぜ〈比較社会学〉と関係があるのか、という疑問がもたれるかもしれない。けれども〈野草〉のイメージと、年代を区切る生き方の相対性。関係性のあり方と集団のイメージ。アメリカ原住民の人生のとらえ方――生と死、友情、幻影と愛、〈大地の上には花と歌〉という感覚と表現のスタイル等々。それらとインド思想との呼応。こういうことがぜんぶ、輪舞（ロンド）のように手をつなぎ合い結ばれ合って、ぼくの考える〈解放のための比較社会学〉の中心的な主題とモチーフをなしているのです。これらのことを、これからゆっくりと年月をかけて、あのインドの旋回する曼陀羅のように、展開していきたいと思う。

初出＝『80年代』一号（野草社、一九八〇年一月）

比較社会学ノート　二

翼のある牛

　ベナレスの街も雑踏は意外とみんな眼がギラギラとかがやいていて、けっこう急いでいるようにみえるのだけれど、ところどころに牛がのっそりとねそべっていて、そこだけが時間のエアー・ポケットのようにしずけさをただよわせている。インドで牛は神様だから、だれも手荒く追いたてたりしない。高速バスで走っていても、いなかの村はずれみたいなところでブレーキがかかる。ハイ・ウェイいっぱいに牛の群れが歩いているので、片側によってくれるまで待っているのだ。

　牛はインドの日常の生活のさなかに住んでいて、いつでも現代生活の時間の流れにストップをかけて、クリシュナとたわむれるゴーピーたちの神話の時間にぼくたちをふいにつれ戻してしまう。

　牛はシヴァ神ののりものである。シヴァはクリシュナのもとの姿のヴィシュヌとならんで、インドのひとたちの最も敬愛する神である。なぜ翼もなく疾走もなく、おそいもの、のりものとして最も不適切なもののようにみえる牛が、インドの最高神ののりものになるのか。牛はまさしく〈おそいもの〉のシンボルでさえあるのに。

牛がインドの神ののりものであるのは、まさしくこの「おそさ」のゆえにではないのかと思う。インドでは「速いもの」はあまり尊敬されない。五六億七千万年とか三一一兆四百億年などというようなとほうもないスケールですぐにものごとを考えてしまうひとたちにとって、〈広い宇宙をそんなに急いでどこへゆく〉というわけだ。ほんとうにはやいのりものがもしあるとすればそれはぼくたちを一瞬のうちに、この世界の外にまでつれていってくれる翼をもつものだけだ。

牛はこのような、魂の旅ののりものなのだ。牛はそのおそさのゆえに、ぼくたちの世界を停止し、魂を一瞬のうちにこの世界のかなたに解き放つ。最もおそいものこそが最も遠くまでゆくことができるという逆説を、現代のヨーロッパも日本もしらない。あるいは忘れてしまっているのだ。

けれども例えばガンディーらの非暴力主義は、政治あるいは軍事という、「急ぐこと」の必要（urgency）のいちばんつよいと思いこまれている分野の中でさえ、非効率の方法に徹することで、近代世界のただ中で、どのような政治や軍事よりも情況をきり拓くという手品をやってみせたのだ。
それは悠々としたものによせる心を、現代生活のただ中でさえも失わない文明を母胎としてはじめて生まれ、育つことができた。それも観念の中で失わないだけでなくねそべっている牛を高速自動車が待つというようなかたちで、具体的に生活の中で失われないのだ。そのときぼくたちは車にブレーキをかけるだけでなく、ひとつの文明の全体にブレーキをかけているのだ。

世界を止めて世界のかなたへ。

初出＝『80年代』三号（野草社、一九八〇年五月）

比較社会学ノート　三

都会——幻影の荒野

多くのアメリカ・インディアンの文化においては、その社会の一員は、かならずいちどは、その社会の外へ出なくてはならないことになっている——人間の網の目の外へ、「自分の頭」の外へ、一生にすくなくとも一度は。彼がこの幻をもとめる孤独な旅からかえってくるとき、秘密の名まえと、守護してくれる動物の霊と、秘密の歌をもっている。それが彼の「パワー」なのだ。文化は他界をおとずれてきたこの男に名誉をあたえる。

ゲイリー・スナイダーはこう書いている。

（片桐ユズルさんの訳による。）

とおくアフリカやその他いくつかの大陸の部族にも、ひとつのイニシエーション（一人前になるための試練）として、おなじような慣習のあることがしられている。そして現代ではアフリカの多くの部族の青年が、このような「幻をもとめる孤独な旅」として、一時期を都会《ヽヽ》に来るのだという。都会とは、もともと村々に住む人びとにとって、ひとつの他界に他ならなかった。

寺山修司の『あゝ、荒野』という小説は、雑誌に連載されていたときにとびとびに読んだのだけれども、主人公新宿新次のさまようのは東京という荒野だったと思う。

家出は現代のイニシエーション、それも制度としてでなく、個人の決断と責任においておこなうイニシエーションだ。

家出する少年たちが都会を求めるのは、そこがまさしく荒野だからだ。

――都会にあこがれても、そこは見知らぬ人間たちばかりの冷い荒野だよ。

と、大人たちはいう。

――ああ、見知らぬ人間達ばかりの荒野！

少年は、いっそう胸をおどらせる。

危険にみちた猛獣たちが闊歩し、人がいつそこで命をおとすか知れないような…危険のない都会などに魅力はない。「治安のよくゆきとどいた都市」なんて、ローラーをかけられた荒野のようなものだ。

「都会を創造して人間は、新しい密林を作りだした」と、ル・クレジオはいう。

だがそれにしてもこの密林は、原初の密林とおなじように深いか？

*

都会という荒野をおとずれる現代の部族の青年たちは、その幻をもとめる孤独な旅の年月に、おなじように〈守護してくれる動物の霊〉と〈秘密の歌〉とを獲得することができるか？〈パワー〉を充電することができるか？

ぼくたちが作りださねばならないものは、ローラーをかけられた荒野ではなく、むしろ反対に、真に荒野の名に価する深さをもった荒野ではないか？

初出＝『80年代』四号（野草社、一九八〇年七月）

比較社会学ノート　四

生きている色

柳田国男は、日本には色をあらわすことばが意外にもすくないことをのべている。

空色や草色などは色のことばであるというよりも、ものの名を示すことばを色に転用したものにすぎないと考えてみると、結局、色そのものをあらわすことばは、
シロ、クロ、アカ、アオ、キ、ミドリ
この六つしかないように思う。（ムラサキは草の名まえがさきだと思う。）

ダイダイ、ミズ色、ネズミ色、灰色、金色、銀色、茶色、桃色、バラ色、あかね、すおう、うこん、あい、紺、えんじ、タマゴ色、ウグイス色、カキ色、朱色。

みんな物の名からの転用だ。

あとはオレンジとかピンクのように外国語からの借用である。

もっとも柳田は、自分の研究を日本に限定しようとしたからこのようにいうのだけれども、世界のさまざまな言語をみても、色の固有な名まえというのは、多くても十二、少なくて三つ

だという。だから日本語が、とくべつに少ないというわけではない。
たとえばターナーの報告をみると、ザンビア（南アフリカ）のンデンブ族には、シロ、クロ、アカという三つの色のカテゴリーしかなく、青い色は「クロ」のうちにはいり、黄色やオレンジは「アカ」のうちにいれられるという。

西江雅之さんから面白い話をきいたことがある。色の単語が三つしかない言語では、その三つは、必らずこのンデンブ族のように、シロ、クロ、アカの三つだという。シロとクロとミドリとか、アカとキとムラサキだけがある、などということはない。それから、四つしかない言語では、必らず、シロ、クロ、アカ、アオの四つだという。このようにして、第七位くらいまでは、色名の順番がきまっているのだという。

コンクリンという人の報告をレヴィ＝ストロースが紹介しているのをみると、フィリピンのハヌノー族は、すてきな分類法をもっている。すなわち色をまず、「生きている色」と「死んでいる色」とにわける。

近代人がみると、はじめかれらは、色をまず、「赤」系統と「ミドリ」系統とにわけているようにみえる。ところが、切ったばかりの竹のつややかな栗色は、「ミドリ色」だとハヌノー族はいう。それは色相からいうと、むしろ「赤色」に近いものである。ハヌノー族はじつは、近代人のように色相で色を分けるのではなく、生きている植物の色と乾燥した植物の色、というふうにわけているのだ。だから、切ったばかりの竹の生き生きとした赤色は、「ミドリ」の草木の色に近いと、ハヌノー族は感じとるのだ。

色というものが、世界の息づかいのようなものから、抽象されていないのだ。

ンデンブ族の「クロ」とか「アカ」という色の範囲が、奇妙に広いように思われるのも、ほんとうはこれとおなじに、近代人が自分の色の命名法をムリにあてはめた結果なのであって、ンデンブ族自身の色の分け方は、もっとちがった、生き生きとしたものであるかもしれない。たとえばひとつは「かがやく色」であり、だからそこには「アカ」ばかりでなく黄色やオレンジもはいるのであり、たとえばひとつは「しずむ色」であり、だからそこには「クロ」ばかりでなく、青色もふくまれるのだ、などというふうに。

日本語の色のなまえも、もともとは平板な色相論などからくるものではなかった。

アカとはあかるい色のことであり、クロとはくらい色のことである。シロとは、しるし（印、標）、いちじるし（著）などと同根で、クッキリとさえて目立つことであり、反対にあいまいで目立たぬものをアヲと言ったという。現代人でも「青い顔」というと、ほんとうに青い色の顔ではなく（そんなのはおばけだ！）どちらかというと、白い顔である。けれども「シロ」とは、クッキリとさえた色であるという感覚がぼくたちにも残っているから、さえない顔をシロいとはいわず、反対に「アオい」と感じてしまうのだろう。

万葉以前のぼくたちのとおい祖先を現代に呼びもどしてきて、たとえば一条のオレンジ色のレーザー光線が闇を切り裂いて走るのをみせれば、シロい!とまず感じるのかもしれない。そしてそのレーザー光線が太くなり、幕のように眼前いっぱいに展開するのをみれば、ああ、アカい!と叫びだすかもしれないと思う。

初出=『80年代』五号(野草社、一九八〇年九月)

比較社会学ノート　五

地下水へ

　こどものころからくりかえしみる夢の中の情景というものが、だれにでもあるのではないだろうか。ぼくにとってのそんな情景のうちのいくつかが、はじめてインドに行ったとき、たとえば黄色い土レンガの路地をぬけて突き当りの開けた荒地に出た瞬間など、現実のものとしてあることにあっと目をみはったりしたものだ。

　外国にゆくなどということをとくべつに考えても望んでもいなかったぼくが、急にインドにゆくことになったのは、今思うと信じられないくらいに偶然のつみかさねのためだったけれども、偶然とはたぶん、みえない必然のことなのかもしれないと思う。

　インドに行ったあと、ぼくの心は、ラテン・アメリカに向っていた。するとメキシコで一年間はたらいてみないかという話が、むかしの知人からやってきた。

　そのひとはぼくに、ミチコという人がむこうでは親切にしてくれるだろうと言って、その家のちかくのホテルを紹介してくれた。最初の日はそのホテルに泊って、翌朝にちかくのパン屋

——といっても小さな土間の奥の方の棚に、ビスケットの缶やパンの包みとコカ・コーラなどがいくつか並べてあるだけで人がいるのかいないのかわからないような小さな店——に入ると、暗い奥から人のいいインディオのおばさんがでてきて、昔からの知り合いのように親しそうにあれこれと話してくれた。そのうちにあなたはミチコの友だち《アミーゴ》かときくので、びっくりしてそうだと答えると、じつはミチコは彼女とほとんど中庭つづきのようなところに住んでいて、家族の一員のようにつきあっているらしい。夕方ミチコの家に招かれると、そのインディオのおばさんもきていて、なんと彼女は、ラーマ・クリシュナの信者なのです。ぼくがベナレスに行ったときの話をすると、とてもよろこび、かつうらやんで、顔ににあわぬそれはそれは美しい声で、クリシュナの讃歌を歌ってくれた。あまり恍惚といつまでもいつまでも歌っているので、あそびに来ていた白人の青年たちがへきえきしてしまったほどだ。それにしてもメキシコで着いた早々にラーマ・クリシュナの歌をきこうとは。

きけばメキシコの都会に出たインディオたちの中に、どういうわけかラーマ・クリシュナの信仰がひろがっていて、あちこちの地区に集会の場所があり、そのおばさんのような人たちの心の支えとなっているらしい。

マヤ文明の遺跡パレンケには、インドや東南アジアのヒンドゥー＝仏教系の宗教美術と共通

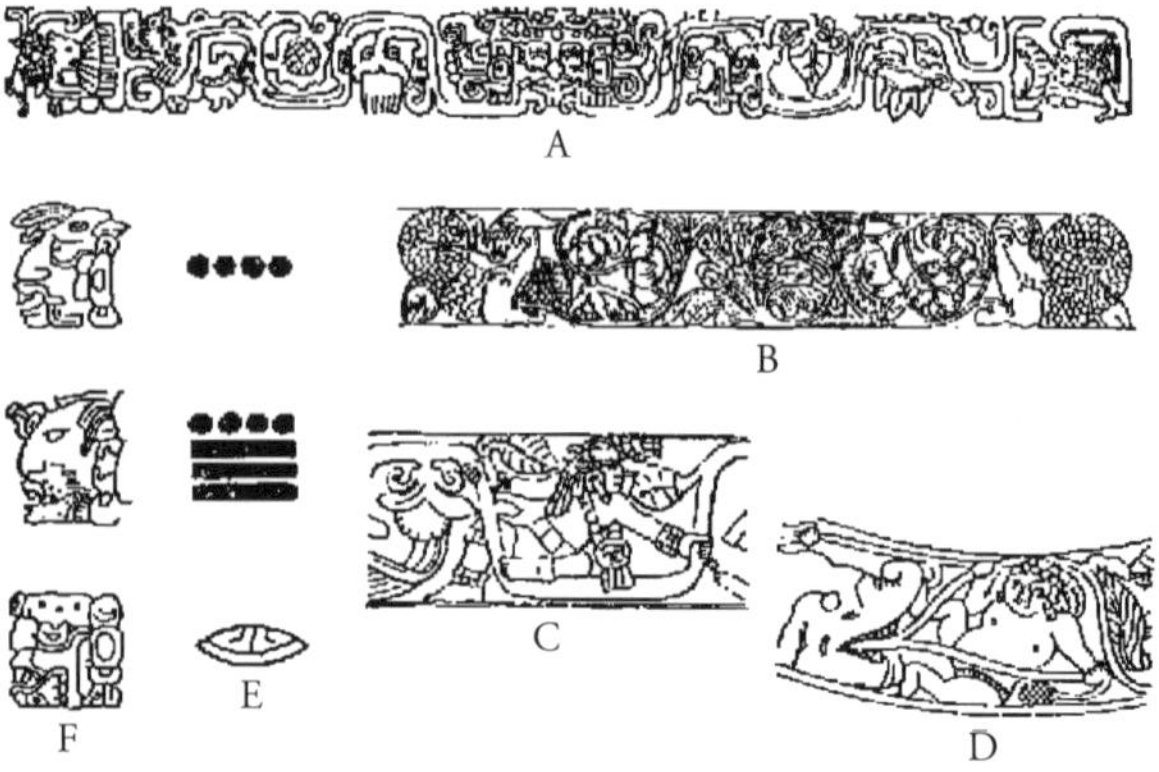

したモティーフを描く彫刻が多い。もうひとつの代表的な遺跡チチェン＝イッツァーにも、ヒンドゥー文明のハスの花や葉とおなじモティーフをみることができる。（カットの図のうちAとCはチチェン＝イッツァー、BとDは南インド東岸のアマラーヴァーティー（石田英一郎『マヤ文明』中央公論社、二一一頁））

　このような類似はさらに、時間と空間のイメージや宗教的修行の方法にまでおよんでいる。ちなみにインド文明は、人類の歴史の中でいち早くゼロを発見したことでしられているが（ギリシャ・ローマの文明はゼロをしらなかった）マヤ文明はゼロを完全に使いこなした高度の数学を発達させていた。（カットE、Fはマヤ文字による「一九八〇」を示す。E（簡略体）の一番下の貝、F（神聖文字）の一番下の神（下アゴにおいた手が死をあらわす）が、ゼロの字である。）それはおそらく、ひとつの文明の知的な水準の高さだけでは到達できない、「無」にたいする感受性の有無のような問題だろうと思う。
これらのことからただちにアメリカ原住民の文化が、たとえば北太平洋にのびる海流にのってアジアから伝播したもののように考えることは、学問的に正しくないだろう。むしろまったく別々に発生し展開した確率の高い二文化であるにもかかわらず、ぼくたちにとって重要ないくつかの点でおなじ感覚と認識を共有しているという事実にこそ注目すべきだろう。それはおそらく、人類にとって普遍的な地下水の深みにべつべつに到達することのできた二つの井戸のようなものだろう。このような「深み」とやすらぎを共有するものであればこそ、白人たちのメディアが運び込んできたあらゆる雑多な宗教や哲学の中で、インドのラーマ・クリシュナがあのインディオのおばさんやそのたくさんの仲間たちの心に共鳴するものを見出したのだろう。
ヨーロッパやアメリカの知性や感性の先端に立つ多くの人びとが、こんにちインドとインディオの文化の中にその魂の原郷を見出している。「これらインディオの種族に出会ったとき、わたしには家族があるなどとことさら思ったことなどなかったのに、不意に何千人もの父や、兄弟や、妻たちにめぐり会ったようだった。」（ル・クレジオ　高山鉄男訳『悪魔祓い』新潮社、九～一〇頁）
そしてインディオでもインド人でもないぼくに、これら二つの世界がいわばはじめから親しいものであったのはなぜか。それはさまざまな文明の意識の底に、あの普遍的なやすらぎの源のような地下水が流れているからではないのか。そしてインドとアメリカの原住民とは、この同系の地下水に早くから通底するパイプを開いて、それぞれの生命の水を汲みつづけてきたのではないか。

アメリカの原住民がこんにち「インディオ」「インディアン」(インド人)とよばれていることは、最初に到達した白人たちがそこをインドとまちがえたという歴史の偶然にもとづいている。ヨーロッパ人は、そこにその世界の果てをみたのだ。けれども偶然というものは、ときにはみえない必然でもあるのだということを思う。

初出＝『80年代』六号(野草社、一九八〇年一一月)。のちに真木悠介『旅のノートから』(岩波書店、一九九四年)、『定本　真木悠介著作集　Ⅳ』(岩波書店、二〇一三年)に収録

野帖から 一

竹の歌

〈存在の power〉が語る。
〈存在の power〉が歩く。
〈存在の power〉がすわる。
わたしは竹笛。
〈存在の power〉が歌う。
〈存在の power〉が愛する。
〈存在の power〉が夢みる。
〈存在の power〉が歩く。
〈存在の power〉が息づく。
わたしは竹。
〈存在の power〉が語る。

〈存在の power〉が行動する。
〈存在の power〉が、存在する。

初出＝『80年代』七号（野草社、一九八一年一月）

野帖から 二

曜日のうた

曜という字は
かがやく、と読むのだそうです。

日の曜く日
月の曜く日
火の曜く日
水の曜く日
木の曜く日
金の曜く日
土の曜く日

ぼくたちの生きる宇宙《マーヤー》の
曜き交わすものたちの充溢。

日が曜く。
月が曜く。
火が曜く。
水が曜く。
木が曜く。
金が曜く。
土が曜く。

初出＝『80年代』八号（野草社、一九八一年三月）

野帖から　三
コーラムの謎

北インドでもみかけるけれども、とりわけ南インドの各地では、家々の戸口の外に、まじないのようにうつくしい幾何学文様が朝毎に描かれています。乳色のもやの流れるなかを牛がひっそりと通りすぎてゆき、はだかの少年が口をゆすぐ水がキラリと光って飛び散ったりしている路地や街道のかたわらなどで、戸毎に鮮やかなサリーをまとったはだしの女たちがたんねんに時間をかけて、その日一日かぎりの芸術を仕上げるのです。[1] タミール語[2]ではこれを〈コーラム〉とよぶのだそうです。

マドラスのおもな書店で、コーラムについて書かれた学術書や非学術書をたずねあるいたけれども、ひとつもみつかりませんでした。ベンガル地方でコーラムにあたる〈アルポナ〉について書かれた、タパン・モハン・チャッタージという人の本[3]が手に入っただけです。[4]

そこでときどき人と会う折にコーラムについてたずねてみると、その証言が会う人ごとに矛盾していて、その矛盾する証言の総体のようなものの中から、ちょうどあの朝もやの中のコーラムそれ自体のように、ひとつの文化としての〈コーラム〉の曲折した全体像がおぼろげにうかびあがってきかけたころに、日本に帰らねばなりませんでした。

以下はその証言集です。

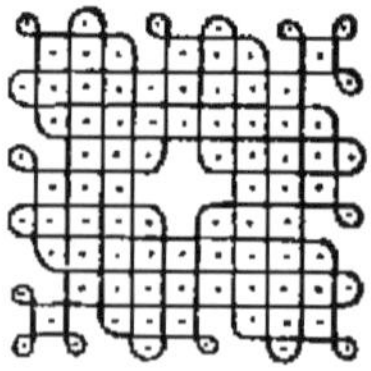

証言1　コーラムの意味は女たちだけが知っているんだ。おれたち男は何も知らねえ。朝の四時とか三時に起きてよ、女たちがそいつを描《か》くのさ。母親から娘へと伝わるんだな。かみさんがそれを描いていたって、だんなにはその意味がさっぱり分らねえってわけさ。女たちだけが知っているんだ。[5]（ホテルのパミット・ルームのバーテン[6]）

証言2　わしは知っておる。コーラムは家の中を清めるためのものじゃ。あれは石灰の粉で描《か》くのじゃよ。インドではどこでも牛がねそべったり歩きまわったりしておるが、あの小便には黴菌が繁殖するのじゃ。しかも人間ははだしで歩きおる。そのまんまで家に入れば不潔になるじゃろう。石灰に水をまぜたやつが、その黴菌を殺すのじゃ。（レストランにいる哲学者的風貌のおじいさん）

証言3　今は石灰の粉でも描《か》くけれど、あれはもともとは、お米の粉で描くのです。水に溶かして、ランゴリというペーストにするの。それを蟻とか、カラスとかリスが食べに来るのです。ほんとうに食べに来るのかどうか、あたしは知らないわ。でもそのように思われているの。それが縁起のいいことなのです。祝福なのよね。とくに未婚の、14歳以上の女の人が描くの。絵は始ったら、必ず元のところに戻らなければいけないのです。タミールでは白い粉で描くけれど、北インドでは色のついた粉を使うのです。それからケララ[7]では、文様の上に花を置くのです。だから花があると、ケララの人とわかる。家の人が死ぬと、十五日間は描かないのです。だからコーラムが描いてなければ、何かあったな、とわかる。その間はその家に他人が入ってはいけないのです。（本屋で働いている女の人）

証言4　ホビー[8]よ。ただのホビーよ。たのしみで書くの。ううん、きまった文様なんかないの。自分で考えたり、流行の新しい文様を描くの。何回も何回も練習しておいて、朝になったらそれを描くのよ。そうよ。毎朝。描いてはいけない日のほかは、必ず描くのよ。（マドラスでコーラムを描いていた人）

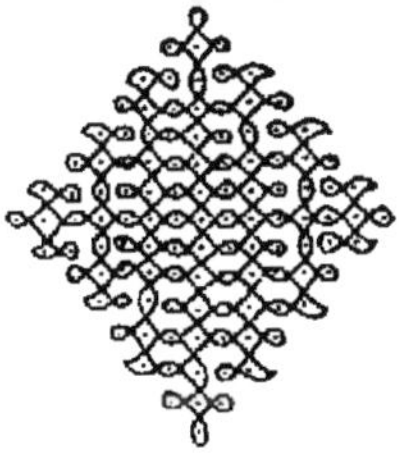

証言5　私は南アフリカで生まれて、旅でインドに来たのです。こんなにきたないところだなんて。両親がインドから渡ってきたので、

私もヒンドゥー教徒です。南アフリカの家でもコーラムは描いています。でも金曜日だけです。南アフリカでは女だけでなく、男が描くこともあります。（食堂にいた中年のおばさん）

コーラムについて書かれた本はみつからなかったけれども、コーラムのデザイン集のようなものを置いている書店は何軒かあった。[9] そのうちのひとつの書店で、マドラスではじめて日本語の書籍をみつけた。それは『主婦と生活』誌の某年春の特別大付録「最新刺繍とレースのデザイン大特集」で、コーラムのデザイン集の山の中に積まれてあった。これが私のみた唯一の、日本の印刷文化のタミール文化へのインパクト[10]であった。[11]

註[12]

（1）ごくまれに、サリーを着ていない女性もいる。それは初潮以前の少女か、現代的な女性かのどちらかである。両者を判別することはあまり困難ではない。

（2）インド南東部のマドラスを中心とするタミールナドゥ州、およびスリランカの一部などで使われるドラヴィダ語族の一言語で、最近大野晋氏によって日本語の祖語のひとつとして注目されている。

（3）TAPAN MOHAN CHATTERJI, *ALPONA*, Orient Longmans Limited, 1948, reprinted 1965, Rs. 2.00.

（4）日本に帰ってからこの本を読むと、全62ページの冊子のうち31ページから46ページまで、すなわち全体の四分の一がバッサリ落丁で、かわりに15ページから30ページまでが二重に入っていた。今はとりかえるすべもない。教訓1〈インドで本を買うときは、その場でページを数えましょう。〉

（5）ドラヴィダ社会は現在一般には父系制だが、母系制、母権制のなごりが濃厚で、この二つの原理の間に潜在的な葛藤がある。

（6）permit room：禁酒の厳しいタミールナドゥ州で、ふらちな外国人が酒をのめる唯一の場所。

（7）インド西南端の州。「文化水準が非常に高い」という風に他の州の人たちからもみられ、誇りが高い。

（8）hobby：趣味。

（9）コーラムのデザイン集はのちに、下町のマーケットの路上に品物をひろげる露店でたくさん積みあげてあるのをみつけた。カットのデザインはそこで買った本からのいくつか。

（10）impact：本来は「衝撃」という意味であるが、最近はただたんに「影響」というほどの意味で軽くこの語を用いることが、しゃれたセンスであるということにスノッブ（snob、俗物）の間ではなっている。

（11）『80年代』誌を知っている人には、私の会った範囲内では、一人も出会わなかった。

（12）最新流行文章デザイン集の内。

初出＝『80年代』九号（野草社、一九八一年五月）。のちに真木悠介『旅のノートから』（岩波書店、一九九四年）、『定本　真木悠介著作集　Ⅳ』（岩波書店、二〇一三年）に収録

野帖から　四

ことばについて　（Ⅰ）

——生きることの意味なんていらない
と、あるひとがいうとき
それは真実だ。
——生きることの意味がほしい！
とあるひとがいうとき
それも真実だ。

矛盾したことばでおなじことが言われることもある。
ほんとうに矛盾していることもある。
矛盾したまま、それぞれが真実であることもある。
大切なことは矛盾じゃない。

大切なことは一貫性じゃない。
ことばがそのときそのひとの
どれだけの深い真実を語っているのかということだ。

——生きることの意味なんていらない。
と、あるひとがいうとき
それはものすごく軽薄だ。
何もわかっていやしない。
——生きることの意味がほしい！
と、あるひとがいうとき
それはものすごく浅薄だ。
ただひとのいうことをくりかえすだけ。
けれど、
——生きることの意味なんて
と、あるひとがいうとき

それはどんなに深い真実か。
——生きることの意味がほしい！
と、あるひとがいうとき
それはどんなに深い真実か。

＊

「自分を変える」ということについて。（「人間関係論」批判）

1. 去っていった人たちについて思いわずらうな。
あなたを憎んでいる人たちについて思いわずらうな。
自分の欠点をしらべたり反省したりすることで
あなた自身をいじくりまわすな。
あるがままのあなたであるままで

出会われる出会いだけにまっすぐに向かえ。
失われた鳥に執着することで
あなたのまわりに歌っている鳥たちを失うな。

2.

明るさ。率直さ。あたたかさ。静かさ。
心の暗い時に明るい顔をつくろうなどとするな。
こだわりのある時に率直にふるまおうなどとするな。
心の冷える時にあたたかい態度などをとるな。
心のさわぐ時に静かさをよそおおうなどとするな。
明るさや率直さやあたたかさや静かさなどは
ただぼくたちの身境のメルクマールだ。
空気が冷えこんでいるときに
水銀柱の高さだけをあげて何になる。

自分を変えるただひとつの正しい方法は

自分がそうでありたいと思う存在とできるだけ接し
その存在のヴァイブレーション
その存在のリズムの中に
自分をひたし、自分を溶解し、
自分自身の存在のリズム、
自分自身のヴァイブレーションとしていくことだ。

3.

「個性を失う」ことなどをおそれるな。
第1に個性などなくてもいいし
第2にそれでも個性というものは、
否応なくあなたについてまわるからだ。

初出＝『80年代』一〇号（野草社、一九八一年七月）

野帖から　五

虹の歌

万葉集には虹の歌がない。

ただひとつあるが、それは「現われる」ということばをひきだすたんなる序詞としてであって、虹そのものを歌ったのではない。

それから、ぼくの知るかぎり、蝶の歌もないように思う。

雲や雨や月や日の歌はたくさんあるのに、虹はなぜ歌われないのか。

それは万葉の歌人たちが、〈美しさ〉をそれじたいとして歌おうなどとはしなかったからだと思う。

虹や蝶などの〈美しさ〉とは、自然のうちに〈生きること〉のすきまのない充実のようなものからいったんひきはなされて、ながめられ「観賞」された自然の〈美しさ〉にほかならない。そしてこのような〈美しさ〉のなりたつためには、自然の中から自分自身をひきはがし疎外した主体の成立がなければならない。

平安貴族が、春はあけぼのというふうに〈美しさ〉としての自然を観賞して「文学」を生みだしたのは、この人工の都の生活がかれらの存在を、自然そのものからいったんはひきはがされた主体として成りたたせていたからだ。

万葉のうたびとたちは、春が来たことのよろこびを歌うことはあっても、春の〈美しさ〉をどこかに求めるということはなかった（最後期の家持をたぶん除いて）。

それはかれらが、ル・クレジオのことばをつかえば〈世界から分たれて〉いなかったからだ。〈美しさ〉などというものをけっして求めることのないものだけのもつ、美しさがある。

初出＝『80年代』一一号（野草社、一九八一年九月）

野帖から　六

「彼を孤独にさせた夢……」

グレゴリー・レックというひとの『トラロックの影の下に』という本をよんだ。[*]

＊ Gregory G. Reck, *In the Shadow of Tlaloc: Life in a Mexican Village*, Penguin Books, 1978. 島田裕巳訳『トラロクの影のもとに』野草社、一九八一。

この本は「近代」というひとつの夢が、どのような仕方でひとびとを孤独にするかを、手ざわりのある生活の細部の描写をつみかさねながら記録している。

トラロックとは、メキシコ・インディオの雨の神である。物語は、「トラロックの岩」の見下ろすホノトラという小さな村に、ナワトル系の一族が流れて住みついたなかば神話の時代から現代にいたる歴史を序章として粗描したあと、この村の共同体をみるまに洗い流していった一九六〇年代、七〇年代の時代の激流を、ひとりのインディオ、セリスティーノの夢と人生を軸として描写している。

セリスティーノの父もその父もそのまた父もトウモロコシ農民であり、「トウモロコシがおれの道」というのが父の口ぐせであった。それはまた少年の日のセリスティーノの未来でもあり、「未来がはっきり決まっているかぎり夢などみるわけがなかった」

けれども父の耕作する土地を地主が売払ってしまったために、わずか数日ほどのあいだに、父は人生の道も誇りも失ってうちのめされる。セリスティーノが八歳の時だ。それから一家はコーヒー園をもつボスに気に入られ、それは父の死後もしばらくつづくが、ボスの突然の死によってこれも打砕かれる。

「主人の葬儀の朝、一人ルーズリーフのノートを広げて腰かけていた彼は、自らの未来を構想する作業を開始した。未来を夢見、計画を練り、それを書きとめた」

不幸な魂の最後のよりどころとしての〈未来〉。パンドラの箱。――近代が「夢」を解き放つ。

「父の土地の喪失や父の死、そして主人の死によって彼は、古くからのインディオとしてのきずなから振り放されて、あたらしい世界のただ中に放り出されてただよっていた」

投げだされてある、ということの、恍惚と不安。――近代の自我の実存の情況の裾野。「二重の意味で自由な」労働力たちの放出。

生活の機会を求めるこれらのデラシネの旅のゆくえは、最後にはたいていの場合、「極度の貧困にあえぐメキシコ市の場末《バリオ》にまでゆきつくのだった」

けれどももちろん、この若い精力的なインディオの〈夢〉はさしあたりそのことにはない。人生を支える土地も人間のきずなも失ったセリスティーノがまず目を向けたのは、村の小さな成功者ドン・アンヘルのような商人になることだった。

「セリスティーノの夢は商売《コメルシオ》の一言に要約できた。商売人としてささやかな店をかまえるという夢が、磁石のように彼を引きつけた。そこには、財産、名声、栄誉、生きがいといった彼の欲望の一切が含まれていた」

〈未来〉の啓示をセリスティーノにもたらしたあのパトロンの死の日から十年ののち、「グァダルーペの聖母」のまつり《フィエスタ》に村の大半がわきたっている時間にも、セリスティーノは「自分の家のうす暗い部屋に一人すわって……部厚い辞書に読みふけっていた」

十年まえの「あの日」から始めた茶色のノートに、彼は今でも書きこみつづける。「おれはまだ三十だ。他人にこきつかわれるのはもうこりごりだ。店と土地とが手に入ったら、こんどはおれがこきつかってやる。いまにみていろ！」

商人として成功するために先輩のドン・アンヘルがセリスティーノにさずけた最大の忠告は「掛け売りをするな」ということであった。「現金」な関係をつくることだけが、この新しい世界の中で成功する原則であった。けれどもセリスティーノには、何かのかたちでつながりのある人ばかりの村の客たちに、掛け売りをしないということができない。最初の商売に失敗したとき、セリスティーノには一五七五ペソ(約二五〇〇〇円)、すなわち年収の半分位もの貸し倒れのリストが残された。セリスティーノにはそれらを回収することなど考えられなかったが、よそ者の「保安官」がある朝突然彼をおとずれて、ためらうセリスティーノを説得し、「法の力」でこの未収金の四分の一ほどを回収してくれる。保安官は回収金の二五%を「手数料」としてふところに入れ、セリスティーノは、幾人かの村人たちの友情を失うことになる。

話はとぶが南太平洋はマルケサス島において、「ガメッツさにかけては定評のあるラタロじいさんは、若いころタヒチで華僑の店の繁盛ぶりを見てきて以来、自分もそれをやってみたくてたまらず、土地を売って元手をつくり、店をひらいた。ところが彼、罐詰一個買ってくれるお客があると、うれしくて二個おまけをつけてしまう。親類の者が買いにくれば、つい、いいところを見せたくて、商品のブドウ酒でふるまい、客も自分もへべれけになるまで、空きビンをならべるという始末。小さな島の社会では、親族関係が網の目のようにはりめぐらされているからたまらない。あわれなラタロじいさんは、開店以来、酔いのさめるいとまもないまま、たちどころに一文なしになったのである」(石川栄吉『南太平洋の民族学』角川書店、一二九頁)

たぶん世界のさまざまな大陸や大洋の中にちらばっているエピソードのひとつだろうが、貨幣経済の社会で「成功」をおさめることが、どのようなものの否定のうえになりたっているかということを物語っている。

伝統に生きる盲目のドン・チャロ老人とのくりかえされる議論の中で、セリスティーノは電気のすばらしさ、舗装道路や自動車のすばらしさを説く。そしてこれらは、一九六〇年代、七〇年代のホノトラの村にみるまに実現してゆく。それらはたしかに、セリスティーノが夢みた未来のひとつひとつに他ならなかった。けれどもそこに、セリスティーノはもういられない。夢芝居の終ったあとの掛小屋の、興ざめの極彩色の大道具の散乱のように近代はやってくる。

孤独なセリスティーノは生活の機会を求めて、仕事を求めて永遠に村を出てゆく。「一家はしばらくテテヤ・デ・オカンポにいたが、やがてさらに他に移っていった。」プエブラとかメキシコ市に行ったと考えている者もいるが、どこへ行ったのか、正確には誰も知らない。

初出＝『80年代』一二号（野草社、一九八一年一一月）

時間という共同幻想

〝現在する〟過去

ナイル河上流に住むヌアー族について調査したエヴァンズ＝プリチャードは、かれらのあいだに「時間」ということばも観念もないことを報告している。「そのため、かれらは時間について、われわれがするように、それがあたかも実在するもののごとく、経過したり、浪費したり、節約したりできるものとしては話さない。かれらは、時間と闘ったり、抽象的な時間の経過にあわせて自分の行動の順序を決めねばならない、というような、われわれが味わうのとおなじ感情を味わうことは絶対にないであろう」（『ヌアー族』）。「この点、ヌアー族は幸せである」と、このイギリス人はつけ加えている。

〈時間〉という観念もことばも存在しないということは、アフリカの他の諸部族、東南アジアの山岳民族、アメリカの原住民などについても同様に報告されており、社会がある特性をもつようになるよりも以前の原始共同体には、普遍的なことだろうと思われる。

アメリカの原住民ホピ族のことばでは、これを調査したウォーフがくりかえしのべているように、〈過去〉と〈現在〉は区別されない。かつてあったものは、今あるものとおなじものとして感覚される。そして〈未来〉というものはなく、それに対応することがらは〈魂の中にあるもの〉というふうに考えられている。ただし魂とは人間の魂だけでなく、動物や植物や自然現象の「うら」である魂の中にあるものも含む。

ケニアのカムバ族の村に生まれ育ち、のちにケムブリッジなどに学んで牧師となったジョン・ムビティもまた、故郷の人びとの世界の中には数カ月、あるいはせいぜい二年間以上も先の「未来」については、どんな観念も表現法もないということをのべている。また過去（サマニ）は現在と「重なり合い」ながら、人生の意味を支えて生きつづけている。アフリカ人からみると、無限の過去から未来へと一直線のように流れる西洋人の「時間」の観念は、奇妙な固定観念にみえる。

ニュートンの罠

このような固定観念の支配ということは、じつは西洋でも、古いことではない。われわれがこんにち自明のものとしているような時間の存在（「絶対時間」）をはっきりと提示したのは、ニュートンがはじめてであるし、その先駆者のバロウにまでさかのぼってもおなじ一七世紀のことである。それは近代世界というひとつの特異な世界の創世期に、デカルトの絶対空間と海峡をへだてて呼応しながら定式化されてきている。

絶対時間の観念はやがてニュートンの信仰をこえて、一切のものを永劫《えいごう》の無のなかに運び去りながら均質に流れつづける〈時間〉の無限性として近代世界のわくぐみを形成し、われわれの生のゆくえをただ虚無でしかありえぬものとして指定する。ニーチェが時間を〈ニヒリズムの元凶〉としてとらえたのは、近代理性のあかるい日常意識を囲繞《いじょう》する不吉な闇をみていたからである。

現代の哲学や自然科学は、このような「絶対時間」の実在ということがすこしもたしかな根拠をもつものでないことをあきらかにしはじめている。それは人間が、あるいは文化が、世界をとらえるひとつの「仕掛け」にほかならないのだ。ニーチェのみた闇は、ほんとうは近代理性がみずからの外囲に分泌してしまう無限という闇なのだ。われわれはたぶん、〈時間〉というのがれることのできない罠《わな》をみずからの外にはりめぐらせながら、生をむなしいものとしている。

けれども今われわれが明らかにしなければならないことは、このような〈時間〉の文化的相対性それ自体ではもはやなく、むしろ反対に、われわれの日々の生活の中でこれほどにも強固な「自明性」をもつ〈時間〉の実在という観念が、どのような現実的な事態を根拠として存立しているのかということである。

牛時計のゆくえ

〈時間〉という抽象のないヌアー族にも、待ち合わせたり出発を共にする必要はある。かれらはそれを、その生活の中心である牛の動きを目安として調整する。「乳しぼりのときに」とか「仔牛の戻るころ」というわけである。それはアンダマン島民たちの「花のにおいによる暦」とか、古代日本の「潮時計」とおなじにわれわれの郷愁をそそる。けれどもこの牛時計が通用するのは、ひとつの風土条件のなかで牛を生業の中心とするせまい共同体の中だけである。ヌアー族がもし他の動物あるいは植物Xを生業の中心とする部族xと深い交易関係に入れば、このx族との待ち合わせ等にはすでに、牛時計ともX時計ともことなる第三の時計を必要とするだろう。二部族の間であれば対照表ですむかもしれないが、さらにY、Z、U、V、W等々を生業の中心とするy、z、u、v、w族等々と多角的な生活依存関係を拡大してゆけば、この分業のシステムtに共通する尺度としてのT時間は、ますます抽象化せざるをえないはずである。その極限まで耐える尺度は、人類にとって普遍的な体験としてのこの惑星自体の自転や公転周期と、それは12や24や60という、約数の多い整数で除した単位であるほかはないだろう。それは、私的な幸福を追求しあう無数の見知らぬ他者たちの生活依存関係という、近代市民社会のモデルと同型のものである。

これは近代世界における、機械的に数量化され、それゆえに抽象的に無限化されうる〈時間〉の存立のひとつの論理を、最大限に単純化してみたシミュレーション（模擬）にすぎない。それは〈共同態からの個の自立と疎外〉という事実と相即している。われわれの世界の時間の存立のもうひとつの根拠はいわば〈自然からの人間の自立と疎外〉ともいうべきものであり、くりかえしのない〈現在〉とよみがえることのない〈過去〉という観念（時間の不可逆性）は、この要因にもとづいている。

他者との関係性

〈時間〉の存立の機制についての展開をみじかい文章ですることは不可能だから、ここではその手前のところで、たしかなことだけを記してさしあたりの結語としよう。

一切を無に帰しながら永劫に流れつづける直線としての〈時間〉の実在という観念は、ひとつの共同幻想である。けれどもそれを、われわれが頭の中で自由な意思によって消去することはできない。それは、もうひとつの共同幻想である貨幣とおなじに、けれどもいっそう基礎的な水準において、市民社会の関係の客観性がかならず存立させてしまう物神として、われわれの生活の現実のうちに根をもつ幻想のかたちだからである。それはわれわれの生がこのようなものであるかぎり、すなわち他者との関係性と自然との関係性とが現在のようであるかぎり、その生活の仕方自体の影として存立してしまう幻想である。

初出＝『朝日新聞』夕刊一九八〇年一〇月九日

II　詩とコミューン

現代日本思想史の基底——山尾三省の生き方の意味

見田宗介

欲望のピラミッドを拒否

一九六〇年代の後半から、日本の先端的な若い世代の心をとらえてきたさまざまな思想の試みを、一身に体現しながら、駆けぬけてきたひとりの詩人のはじめての作品集が、この秋に刊行された。山尾三省『聖老人』である（発行＝プラサード書店、発売＝めるくまーる社）。

わたしたちはこの本のうちに、いわば、現代日本の思想史をその基底線においてたどることができるように思う。

稜線、という言い方よりも、基底線という言い方の方がこの本にはふさわしいように思われる。それは思想の遍歴を、生活と同じ重さのその根のところで、いつでも担ってきた人間の足跡であるからである。

「百姓・詩人・信仰者として」と、この本の副題にあるが、三省ははじめ、詩人として出発したように思われる。一九六七年のころ、三省はバム・アカデミー（乞食学会）という、詩を生活する人びとの群れに加わる。バム・アカデミーは、詩や絵を商品として売ることをせず、乞食のようにぼろをまとって全国を放浪していた。すでに妻子のあった三省がこの学会に入ってしまうのは、そこに「本当の詩を感じてしまった」からである。

それはおそらく後年になって、百姓として、信仰者として開花するに至るものの堅い種子のようなものが、三省のうちにはじめからあって、その「詩」の本質のようなものとして棲みついていて、この詩人を手さぐりでつき動かしていたからではないかと思う。堅い種子とは、大胆な言い方をすれば、詩は生きられるものだという命題であると言ってもいいだろう。

一九六七年の暮れに、バム・アカデミーの仲間のナーガ（長沢哲夫）たちといっしょに、三省は『部族』という新聞を出し、自分たちのあつまりを「部族」と呼ぶようになる。「部族が意味していたものは、アメリカ・インディアンをはじめ世界の各地で独自の優れた文化を保持している原住部族民の、自然と密着した生き方をこの文明社会に復活することだった」。

この本に収録されている「部族の歌」という文章は、新聞『部族』の第二号に書かれたものであるが、当時日本ではじめてのヒッピーと呼ばれたかれらの、原初の動機をよく伝えている。それは現代の文明社会の、権力や富や地位や名声をめざす巨大な「欲望のピラミッド」の中で、ひとつの小石としての陰うつな生涯を終えることを拒否し、「夜の闇の深さと、星の明るさ、太陽の熱さ、冬の厳しさ、空の青さを感じること」への脱出であり、ひとりひとりの歌をもち、踊りをもつ生のかたちの創造であった。

「部族」は翌六八年の春までに、海と山と都会をそれぞれの生活地とする三つの部族の連合体となる。すなわち吐噶喇《トカラ》列島の諏訪之瀬島の「ガジュマルの夢族」（のちのバンヤン・アシュラム）、長野県富士見高原の「雷赤鴉《かみなりあかがらす》族」、そして東京国分寺の「エメラルド色のそよ風族」である。

ロックと自然食品

「エメラルド色のそよ風族」はやがて、日本で最初のロック喫茶「ほら貝」を国分寺駅前に開く。一九七二年に記された「ほら貝の記」という文章によると、当時「ほら貝」のカウンターのスタッフは五人で、そのうちの四人が二人ずつ二交代で店をやり、一人は一カ月間休みになる。「五ヶ月に一度、一ヶ月の休みが回ってくる勘定になる」。

　さらに三年ほど店の仕事をつづけると、一年ほど外国旅行に行ってよいというきまりも作った。そのかわり、旅行に出る仲間のための積立金のほかは、預金は一銭もないという「誇らしい収支決算」である。

このシステムはわたしたちの中の、「定着と放浪というふたつのやみがたい欲望」のあいだの矛盾を、解決する具体的な試みであった。そしてこのような実現が、利潤を蓄積することを放棄すること（収支決算ゼロ！）を通してはじめて可能となったことに、注目しておきたいと思う。重要なことは、「ピラミッドを登る」ことの放棄が、俗に言われているように敗北や逃避ではなく、ひとつの積極的な解放としてあったということだ。「ほら貝」は現在もなお、一三年前と同じ場所で仕事をつづけている。そしてロックの音楽はいま、日本中至るところに浸透し、屋久島のような離島にさえロックの店はあるという。

「魂の自由」「大地に帰る」「自己の神性の実現」という三つのモチーフを掲げた「部族」は、今は散開して存在しない。「けれどもそれは、多くの知識人や政治家がヒッピーと呼んで侮り蔑み希んだように、時とともに風化して消えてしまったのではない。その精神は、ロック音楽が国分寺市の裏通りの小さな店から始まって日本中に浸透していったのとまったく同じく、『もうひとつの生き方』『地域という原理』『精神世界の復活』という姿をとって生き生きと現在も息づいている」。

「百姓・詩人・信仰者として」というこの本の副題もまた、「部族」の初心であった三つのモチーフが、三省の現在の生き方のうちに具体化されてあることを、よく示している。

七三年から一年間、インド、ネパールの地を巡礼してのち、三省は七五年から、長本光男たちといっしょに「長本兄弟商会」という無農薬・有機農法による野菜専門の八百屋をはじめる。すでにその当時、農薬禍や食品公害の告発は多くなされていたが、「告発を単に告発にとどめるのではなく、私たちはではどうすればよいのかという実際的な問題と」取り組んで実現してゆくところに、彼の資質はよくあらわれている。

別に時代の先駆けをするというようなことにそれ自体として意味があるわけでは決してないが、その後これまた簇生して全国をおおう「自然食品」ブームにたいして、つぎのエピソードにみるように、彼らが頑固にその初心を守りつづけていることに注目しておきたいと思う。

「長本兄弟商会」の名が知られはじめてくると、いくつかの自然食品店、大手のスーパーやデパートに販売所をもつ会社などから、この商会の野菜をおきたいという問い合わせが来る。もちろん彼らの仕事の目標は、消費者に有機無農薬野菜の真価を知ってもらうことにあるのだから、これらの申し込みは、大いに歓迎するところである。

ただその中には、自然食ブームに乗ってひともうけしてやろうという人たちもいる。そこで長本兄弟商会は、再販規制をおこなうのである。再販規制というと通常は、独占価格等を維持するために小売値を下げないように規制することであるが、かれらは反対に、自分のところで売るよりも高くは売らないという確約をとる。
「デパートの自然食品コーナーやいわゆる自然食品店では、すべての品物が目の飛び出るような値で売られています。私たちは自分たちの尊い品物をそんな高い値で売りたくはなかったのです。もし有機無農薬農産物というものが、ただもうかるが故に売られるのであれば、もうかるが故に作る農家が現われます。そんな有機無農薬農業なら、結局は化学農法の発想と何ら異ならず、私たちの目指す、質素にゆったりと暮らすという方向は、そこからは生まれません。案の定、大手の会社、スーパー、自然食品店の大多数に私たちの主張は受け入れられず、彼らは手を引いてゆきました。そして何店かの良心的な自然食品店が私たちの条件に賛成し、兄弟商会の兄弟店となって品物を扱っています」。
この八百屋もまた、設立六年後の現在、おなじ西荻窪駅前で、定着して仕事をつづけている。

〈シャンティ〉

けれども三省自身は、八百屋のできた二年後の七七年に、それまでの七年間をすごした西多摩の奥の谷間の部落を去って、屋久島の原生林の中にある廃村に移り住むことになる。それ以来今日まで百姓として、妻と六人の子どもたち――四人の自分の子どもたちと、二人の死んだ友人の子ども——とともに定着して生活している。八百屋に残った友人が毎月五万円ずつを、屋久島に送りつづけている。

書名の「聖老人」というのは、この屋久島に自生する樹齢七二〇〇年といわれる杉の老木である。それは三省の瞑想の対象であり、信仰の象徴であり、その息吹を身近に感じて生きることのために、三省はこの島に来た。

東京・神田の生まれである三省にとってでなくとも、「農業は、この山の中では特別に難しい課題であり、百姓は、農業よりも更にいっそう難しい」。それでも彼は、この「場」で生きつづけてゆきたいと思う、と、この本のおわりに書いている。

現代日本社会の「欲望のピラミッド」の中を、上へ上へとせめぎ合う人びとの流れにさからって、この本の著者は大地へ、周辺へと自分を解き放っていった。それは思想をつねに基底へ、基底へとおり立っていったからである。王様は裸だという子どもがひとりいることによって、すべての人びとの目が呪縛から解かれるように、三省の生のかたちはわたしたちの生きる世界に、ひとつの窓を開け放っている。

それはひとつの否定ではなく、肯定である。

「鍬《くわ》一本の打ち込み方によって人生が決まるかも知れぬ」という作業の困難さにもかかわらず、あるいはこの「厳かな困難さ」のゆえに、三省を屋久島にまで導き、そこに生きつづけたいと希わせる肯定の力はなにか。

それは三省が〈シャンティ〉と呼ぶものだ。〈シャンティ〉というインドのことばは「平和」と訳されるけれども、それは政治的な水準において戦争のない状態ではない。存在するあらゆるものとの、すなわち人間たち、動物たち、植物たち、天体たちとの、静かでよろこびにみちた調和ということである。〈シャンティ〉は抽象の観念ではなく、生活の中の小さな具体的なものごとのうちに宿っているものだから、百姓として、詩人として、信仰者としての三省の求めてきたものは、この同じひとつのものにほかならなかったといえる。

この本のはじめに掲げられている「夕日」という詩を、おわりに引用しておきたいと思う。

一日の畑仕事を終えて
妻とお茶を飲んでいると
右の後頭部が妙に明るかった
振りかえってみると

山の端に今や沈もうとしている太陽が
神の瞳のように明るく輝かしく　そこにあるのだった
〈ああ　いい夕日だな〉と私はつぶやいた
〈そう　いい夕日〉と妻は答えた
明るく輝かしい夕日が沈んでいってから
妻は晩御飯の仕度にかかり
私は豚の餌をもらいに一湊《いっそう》の町へ下った
神よ
すべての農夫農婦の胸に
明るく輝かしい夕日が沈んでゆきますよう
神よ
　農業が愛されますよう

三省にとって、このように雑誌に紹介されたりすることは、たぶん迷惑なことだろうと思う。

少しだけ共感する人びとが、屋久島を訪れたり話をきいたりすることは、〈シャンティ〉をかき乱すだけだろう。〈見るものは見ず、聴くものは聴かず〉ということばを、たぶんこの本のどこかでもふれていたように思う。

〈シャンティ〉は屋久島にだけあるわけではない。都市であれ農村であれ、わたしたちが〈シャンティ〉を感受し〈シャンティ〉を生活するところ至るところに、それは存在しているはずだ。三省はただの百姓である。わたしたちがただの技能者、ただの教員等々として、今いる場所で、それぞれの詩を生きること、それぞれの信仰を生活することだけが、ただの百姓である三省と呼び交わす方法だと思う。

初出＝『エコノミスト』五九巻五三号（毎日新聞社、一九八一年一二月二二日）

欲望の質を転回させる不思議の箱を求めて――『聖老人』山尾三省

この本は五つの章から成っている。水の章、風の章、火の章、地の章、悲の章である。

「風の章」は一九六〇年代の後半、三省たちが「部族」というあつまりを形成していたころの文章である。吐噶喇列島諏訪之瀬島の「バンヤン・アシュラム（旧ガジュマルの夢族）」、信州富士見高原の「雷赤鴉族」、東京国分寺の「エメラルド色のそよ風族」という三つの部族の連合体として、豊饒な想像力をもって彼らは新しい生活のかたちをつぎつぎと創り出していった。

「火の章」は七〇年代前半、インド、ネパールへの巡礼をめぐる文章であり、「地の章」は七五年から長本光男たちと一緒に、無農薬・有機農法野菜専門の八百屋を開業したころの文章を中心とするものである。そして「水の章」「悲の章」は七七年、三省が家族と一緒に屋久島に百姓として定着してからの文章である。

「聖老人」とは、この屋久島に自生する樹齢七千年余といわれる杉の老木であり、三省の瞑想の対象である。

島の原生林の奥には、三省が「沈潜畑」とよんでいる一枚の畑がある。山と山との間から三角定規ほどの大きさの、海がみえる。沈潜畑で鍬を打っていると、家族や島の人びととの関係さえも忘れて、「この世とは別の普遍的な淋しい空間に入りこんでゆく」。三省は今、こういうふうに書いている。

この本には書かれていないが、六〇年安保のときには、三省はブント全学連の中にいたという。そのころはたぶん、三省も世界革命というようなものを夢みていたのだと思う。世界革命から「幾百万の部族連合」へ、農民と主婦たちを結び八百屋から「沈潜畑」のひとりの百姓へ、三省がかかわり合おうとする人間の網は、小さく絞られてきたかにみえる。――けれどもそのことに本質があるのではない。三省のまなざしが楔のように一点に集中しておりてゆくときの、その深まりをこそみたいと思う。

「部族」のとき以来、三省はいつも時代の思想の先端を、生活と同じ重さのその根のところで担いつづけてきた。そうであればこそ、そのつどの思想の限界点の矛盾に、三省は生身をさらしつづけてきた。この本には美しいことばかりが書かれているわけではない。「信仰の名に隠された自己肯定、尊敬の名を借りた反逆、平等の名のもとの度しがたい甘え」、これらのものは三省が、ひとつひとつ、しっかりとみてきたものにちがいない。「六月の旅」という文章は、実に陰鬱な文章である。

「部族」にはフリーボックスという箱があった。この箱の上にかつて三省たちは次のように書いた。「この箱ひとつにより、世界経済のすべての問題は解決される。（中略）金のある人はこの箱の中に入れる。金のない人はこの箱の中から持っていく。ああ何故こんな簡単なことが未だに解決されないでいるのか」。

フリーボックスのゆくえはしらない。けれどもそれが今日もなお「世界経済のすべての問題」を解決していないことはたしかだ。人びとの欲望の構造が変わらない限り、この箱が現実社会の問題を解決することはない。三省が求めつづけてきたものは、わたしたちのこの欲望の質の転回にほかならなかった。

そしてこの欲望の質の転回のなされた限度と範囲に応じて、三省をめぐる人びとは解放を獲得してきた。四カ月働いて一カ月は休暇、三年ほど働けば一年は外国旅行という「ほら貝」喫茶店のシステムは、仲間の旅行の積立金以外は利潤をゼロとする収支の原則によって可能なものであったし、八百屋をめぐる多彩な出会いは、「自分たちの尊い品物を高い値では売りたくない」という非経済感覚によって開かれた。

現在三省は自分の子ども四人のほかに死んだ友人の子ども二人を引き取って育て、その三省には東京の八百屋の友人が月五万円ずつの仕送りをつづけている。このような〈みえないコミューン〉のたしかさとひろがりの限度に応じて、詩を生きることの自由は獲得されている。

けれども欲望の質の転回ということは、どのようにして可能だろうか？　これを人びとに強制すれば、共同体という名のファシズムになるだろう。規範の意識に訴えて説得しても、宗教団体のひとつとなるくらいだろう。欲望の質の転回は、今ある欲望のねじれや小ささが、もっと深いよろこびによってのりこえられるのでなければならない。

「夕日」「夢起こし」「茶の花」その他たくさんの美しい詩の中で語られているのは、三省のいう「欲望の抑制と純化」ということが、ひとつの否定であるよりもまえに、ひとつの大いなる肯定であるということだ。

それはただ「在る」ことへの感性の解放である。「甘茶の花は他の多くの花々と同じく、それ自体で他に言うことなく美しい。その声は、ただ深くそこに在れ、と告げる」。

三省が〈シャンティ〉とよぶもの、人びとや風や大地や植物たちとの静かでよろこびにみちた交響をわたしたちが解放として獲得してゆく限度に応じて、「部族」のフリーボックスや「八百屋」の流通システムが夢みてきたものは、はじめて実現されるだろう。

「沈潜畑」で鍬を打つことの孤独な空間は、隠遁でも孤立でもなく、普遍に向かってひらかれた空間であり、その普遍性の寂しさは、わたしたちを呼んでいる世界の大きさのもつ寂しさである。

初出＝『朝日ジャーナル』一九八二年一月一五日号（朝日新聞社）。のちに『定本　見田宗介著作集　X』（岩波書店、二〇一二年）に「欲望の質を転回させる不思議の箱に」と改題し収録

呼応

おまへの武器やあらゆるものは
おまへにくらくおそろしく
まことはたのしくあかるいのだ

宮沢賢治は、「青森挽歌」（『春と修羅』）のおわりのところで、死者たちと共に生きるということがどうしてできるかということを考えぬいたすえに、こういう謎のような詩句を書いている。

それはぼくたちの自我の外部に出てゆくということなのだが、この本（『野の道』）の山尾三省のことばでいえば、〈野の道〉をゆくということでもある。

〈野の道を歩くということは、野の道を歩くという憧れや幻想が消えてしまって、その後にくる淋しさや苦《にが》さをともになおも歩きつづけることなのだと思う。〉

三省はこの本のはじめのところで、このように三省自身のことばをもって呼応している。

宮沢賢治は、これまでに二回殺されている。一回はほめたたえる人たちの手で、一回は批判する人たちの手で。一九三一年一一月三日の病床のメモ（「雨ニモマケズ」）ではじまっているは、ことにそのような賢治の運命を象徴している。それはまず、世の道徳や修身の先生たちに通俗道徳の水準でもてはやされることをとおして、たいくつな道徳教育の標語のようなものにされてしまった。ここで一回、賢治は圧殺されている。感性の鋭い詩人とか思想家たちが、このような賢治の像に反発して一斉に十字砲火を浴びせた。彼らはこの手帖の中に、賢治の敗北とか詩想の涸渇とか、あるいはかくされたエゴイズムとか自虐に変形した上昇欲求とかを嗅《か》ぎ出してもう一度ずたずたにした。

けれども賢治が、生涯にわたる苦闘の跡《あと》として残した詩篇や童話や断片は、このような道徳家たちや批判者たちの評価をつきぬけて、今も直接にぼくたちのうちに炸裂《さくれつ》する洗浄力のごときものをもちつづけている。山尾三省はこの本の中で、このような賢治の洗浄力に拮抗するじぶんの生き方の洗浄力をもって呼応することをとおして、二度殺された賢治をみごとに生き生きと現代の中によみがえらせている。

三省にはじめてこのことができたのは、三省がみずからもまた賢治とおなじに〈野の道〉をゆくものであり、だから賢治を語るものでなく、賢治と呼応して語ることのできるものであるからである。

〈野の道を歩くということは、野の道を歩くという憧れや幻想が消えてしまって、その後にくる淋しさや苦《にが》さをともになおも歩きつづけることなのだと思う。〉

それは三省の長靴とおなじくらいに身の丈どおりの歩幅のことばでありながら、そのままで賢治の思想の芯《しん》のところを、ぼくたちの時代のことばとして語っている。

初出＝山尾三省『野の道――宮沢賢治随想』（野草社、一九八三年〔新版二〇一八年〕）の序文

ことづて

一九八七年十月十一日。わたしは屋久島にはじめて渡って、「愚角庵」という表札の目立たぬように掲げられている、山尾三省の仕事場に泊めていただいた。この庵のすぐうしろを流れる白川《しらかわ》の地響きのような川鳴りに身を打たせながら、三日間なにもしないですごした。

最初の晩かそのつぎの晩か。三省の家の主屋《おもや》の方の、いろりのある板の間で話をしていると、この本〔『自己への旅』〕の冒頭に登場する神宮君があそびに来てくれた。最初から充分デキていて（つまり、相当飲んでいて）、おれは絶対オキナワに行く。そこで漁師をするのだとくりかえし宣言していた。兵頭さんたちもいて、にぎやかだった。

翌日の朝ごはんのあと、おなじ板の間のそのおなじ場所で、こんどは三省と、二人だけ向き合っていた。順子さんが水屋の方にいた。その朝は、しずかな朝だった。神宮君はどうしてオキナワに行くのかなというようなことを、わたしが半分ひとりごとで言った。

「神宮君は、ふつうに生きる、ことをしたいのね。ただ生きる、ということを、したいのよね。」

水屋の方から、順子さんの声がした。

わたしはどこかで、よくわかった、という気がした。ただ生きる、ということをしたい。するともういちど、わからなくなった。ただ生きる、とは、どう生きることか？　ふつうに生きる、とは、じっさいに、どういうことか？　三省も順子さんも、神宮君も、ただ生きること、ふつうに生きる、ということを求めて、屋久島に来たのだと思う。今の世の中で、ただ生きる、ということの、むつかしさ。ふつうに生きる、ことのむつかしさ。

この本の「びろう葉帽子の下で」という詩の中で、〈道を沈んでゆく〉というみごとな表現があるが、三省はこのむつかしさに向かって、しずかに、おり立って行ったのだと思う。三省の仕事の核が、詩、ということであることは、この本の中でもはっきりと語られている。けれど三省のめざす詩は、多くの現代詩人たちのめざす詩とは、べつのベクトルをもつように思う。

表現と〈生きること〉とのあいだには、緊張がある。

（語ることは、いくぶんか、裏切りである。）

表現は生を裏切る、ということについて、三省は、だれよりも深く感受している。

生を裏切らない表現というものがあるか?

表現は生を裏切るものだ、生とは逆立するものだ、という事実に居直るという創造もある。

それはそれなりにその方向で、すぐれた表現を生みつづけてきた。

けれど三省がえらぼうとする表現は、それとはんたいの方向のものだ。

三省の仕事の核が詩であるように、三省の存在の核は、百姓である。詩人であること、と、百姓であること、とのあいだには、矛盾があるか?

「そんなもの、ありませんよ。」という答えを予期していたわたしに三省は、「いやあ、それは実際、あるんですよ」と言った。島に来て二年くらいは、百姓としての生活を切り拓くのがせいいっぱいで、ほとんど詩は書けなかったという。「やっぱり肉体的に、疲れますしね。疲れればもう、寝るだけで。」三省は目を細くして、たんたんとふつうのことを語った。

それでも三省がめざしているものは、百姓でもあり詩人でもある、ということではない。百姓である、ということと、詩人である、ということが、ひとつのことであるような、そのような生。そのような呼吸。そのような〈地のことば〉であるように、わたしはなお思う。

宮沢賢治が生涯を求めつづけた〈まことのことば〉も、究極はこの〈地のことば〉である。

つまりどこかの天空から来ることばではなく、けれど「天空」に対立する項としての「大地」のことばでもなく、天空もまた存在の地であるような、そのような〈地のことば〉である。

語ることが裏切りでないような言葉。生を裏切らない表現というものがあるか？

表現とは、あらわす、ということである。このように理解されている。そして表現が、あらわす、ということであるかぎり、それはいつでも、いくぶんか、生を裏切る。しかし表現は、あらわれる、ということであることもできる。表現が〈あらわす〉ということでなく、〈あらわれる〉ということであるかぎりにおいて、表現は、生を裏切ることのないものであることができる。

表現が、あらわす、ということであるかぎりにおいて、そのぶんだけ、たとえば詩人であることと、百姓であることとは対立している。けれど表現が、あらわれる、ということであるかぎり、そのぶんだけ、詩人であることと百姓であることは、おなじことである。

この本のいちばんおわりに、三省が星の見方を、子供に教わる夜のことがある。

その瞬間、にわかに星空がぐうんと近づいてきたような感覚を、私は持った。内心であっと声を発しながら、その奥を見つめると、それまで見えなかった無数の星々が、奥の奥から次々とまたたき出てきて、空じゅうが星の海のようになってしまった。地上から星を見ているのではなくて、私自身が星の海そのものの中に立っているのだった。宇宙の中心から、星々は無数に泉のように湧き出してきて、私と道人をおおい、見れば見るほどその勢いは深くなるのであった。泉のように、きらきらちかちかと湧き出してきながら、私達の全身をおおうのであった。私達は、満天の涼しい火の海の中にいた。

この星たちは、三省のめざすことばのメタファーのようだ。

創ることでなく、創られること。

〈あらわす〉ことを、そぎ落とすこと。〈あらわれる〉ことに向かって、純化すること。洗われるように現われることばに向かって、降りてゆくこと。降りそそぐことばの海に立ちつくすこと。

屋久島から東京に帰って二週間たった。十月の最後の日の朝、八王子は、異常に寒い朝だった。わたしはもういちど、あの朝とすっかり同じに、三省のあの、いろりのある板の間にいて、三省と向き合っていた。水屋の方から、順子さんの声がきこえた。

〈ただ生きる、ということを、したいのよね。〉

はっきりとした声だった。

わたしは目が覚めて、〈ただ生きること〉という、ひとつの声だけを手がかりに、それまで一行も書けないでいた、この序文の下書きを一気に書いた。その日は東京で仕事があったので、下書きだけを走り走り書いて、新宿に出た。夜おそく帰ったので、その日はそのまま、寝てしまった。翌十一月一日になって、昨日の分のアンサホン（留守番電話）のテープを再生してみると、奈良の紫陽花邑《あじさいむら》の友人、石垣〔雅設〕さんから、何年ぶりかの電話が入っていた。石垣さんは、この本での三省の旅の同行者、「ジョバンニ」である。石垣さんの声は、順子さんの、とつぜんの死を告げていた。そのあとでまた、訂正の声が入っていて、脳死の状態、ということであった。三省の家に電話をしてみると、誰もいなかった。石垣さんに電話してみると、ヘリコプターで鹿児島の病院に運ばれて、人工呼吸をつづけているが、もし助かれば、ほんとうに奇蹟としかいえない状態、ということだった。翌二日朝九時五十四分に、亡くなられたというしらせがあった。

この本の第五章には、高校生であった順子さんが、故郷の山である安達太良《あだたら》の山を、「わたしの山」と呼んでいたこと、順子さんと親しむにつれて、三省にもまた安達太良の山が、「僕の山」ともなったこと、そして今、安達太良の山は、彼女の山であり、三省の山であるだけでなく、この山の麓に住むすべての人々の山であると知られるという、清冽な一節がある。

時間を逆算してみると、あの明け方に、わたしが順子さんの声を聴いたのは、順子さんが、わたしたちの今いる世界と、もうひとつの世界とのあいだの旅路を、歩いておられた時である。あるいは間もなく、旅立とうとしておられた時である。順子さんは、しばらくの別れを前に、三省さんのこの本のために、（そしてまた、もっと大きなわたしたちのために、）ことづてを残して行かれたのだと、わたしは、思っている。

ただ生きること。それがどんなに、巨《おお》きな奇蹟か。


初出＝山尾三省『自己への旅――地のものとして』（聖文社、一九八八年）の序文。のちに真木悠介『旅のノートから』（岩波書店、一九九四年）、『定本　真木悠介著作集　Ⅳ』（岩波書店、二〇一三年）に「伝言」と改題し収録

生命の火種

アメリカ原住民の——ぼくがとても好きな詩で——日本語でいうと「美しい道を静かに歩む」という詩があるんです。

道というのは、いわゆる「径《こみち》」というか、動物とか人間が踏み固めた道という感じなんです。

「Walk Quietly the Beautiful Trail」(1)

今語っているものは神
あなたの足で私は歩く
私はあなたの肢体で歩く
私はあなたのからだを運ぶ
私にかわってあなたが思う

あなたの声が私のために語る

美がまえにある
美がうしろにある
美が上を舞う
美が下を舞う
私はそれにかこまれている
私はそれにひたされている
若い日の私はそれを知る
そして老いた日に
しずかに私は歩くだろう
このうつくしい道のゆくまま

とくに後半がすきなんだけど、いまここで思い出しているのは、今まであんまり大事とは思っていなかった始まりの部分なのです。

自分が話をしたり、自分が歩いたりしているんだけど、人間の、ある人の言葉というのは――その人がほんとうに深いところから話をする時というのは、それはもっと大きな〈存在〉とか、さっきの沖縄のことばでいえば〈自然〉とかそういうことが語っていることを、たまたまその人の口を通して話をしているという感覚が、アメリカの原住民には強くあって、さっき野本〔三吉〕さんの話したシャーマンの言葉というのもそうなんですが、たまたまその人が語るということは、どうでもいいことだと思うんです。

どうしてそういう話をしたかというと。だいたい話を聞いているとね、ぼくがこういうことを言いたいと思うことを〔山尾〕三省さんが言ってくれているわけですよ、「これでもういいな」というのがあって、とくに自分では言う必要がない。それが大きなことです。だけどなにか話せということだけど……。

屋久島の三省さんのところというのは――行かれた方はおわかりと思うのですが――とてもいい場所で、つまり三省さんの言葉を使えば「〈カミ〉が現れやすい場所」という、そういう感じがするんです。

ぼくが今いる場所というのは、その正反対の場所でありまして、東京という諸悪の根源（笑）の、しかもいま職業として大学で教えている。いま教えているところというのは普通の子どもたちというか、ごく普通の今の平均的な青年たちがいる場所で教えています。それはある意味でとてもおもしろいわけです。

そういう、今の社会で言うと大多数なんですけども、ここの会場におられる皆さんからみるとあまり知らないかもしれない、現在の「普通の子どもたち」というところからお話ししてみたいと思います。

一九八〇年代とは何だったのか?

その前に、関連するんですが、かつて一世を風靡したロカビリーの歌手のミッキー・カーチスさんは、年齢が三省さんと同じなんです。昔のアイドル時代はほとんど知らないけれど、最近渋くなってからはけっこう好きで。

彼がこの間テレビ番組に出ていて話していたのですが、一九五八年、彼が一九歳くらいの時に、今でいうキムタクとか福山雅治くらいのスターだったんです。

ぼくはそういう時の彼は興味無かったんだけど、彼はそのあといろいろ疑問を持って、「誰も自分のことを知らないところへ行きたい」ということで放浪して、その後ヒッピーになって、一九七〇年ごろに帰ってきた。そのころ、裸足で東京を歩いていた。

今の若いアナウンサーがインタビューしていて、びっくりしていた。今だったら、裸足で東京を歩いたら、捕まってしまうと（笑）。

このミッキー・カーチスさんの話を聞いていて三省さんのことと重なったんです。三省さんが昔こういう話をしてくれたことがあった……。

三省さんは一九七七年に屋久島に行かれてからも、東京へ年一～二回来られていた。

七〇年代後半になると、高度経済成長で東京がきれいになってきた。それでも三省さんは渋谷・青山を、屋久島と同じ長靴でジーパンで歩いていた。

七〇年代の後半までは、渋谷とか先端的な街を長靴で歩くことにある種の誇りがあって、「格好いい」という感じだった。まだ颯爽と歩けた。

ところが、八〇年代になったら、なんとなく歩きにくくなった。「居場所が無くなった感じがする」と三省さんがいっていた。七〇年代でも、長靴で歩く人はほとんどいなかったけど、そういう素朴なかっこうでまだ颯爽と歩けた。ところが八〇年代に入ると、なんとなく居場所がなくなってきた。

ぼくにとっても、人ごとではなかったのだけれど、三省さんが長靴で歩きにくくなったと感じていた、これはものすごく恐ろしいことなんです。

どんどん日本が豊かになって、自由になった。服装なんかもいろんなバラエティが出てきて、一見自由になったように見えるのだけども。自由になったようで、実は画一化されていった。ジーパンが好きな人はジーパンをはくとかではなく、いわゆる「オシャレ」じゃないと、歩けなくなった。自由になったようで、その許容範囲が狭まっていった。[2]

一九八〇年代というと、ここにいる野本さん、三省さん、岸田〔哲〕さん、そして中心になった石垣〔雅設〕さんたちと一緒に『80年代』という雑誌（野草社刊行）を作っていました。それは後で、『自然生活』というタイトルになったように、だいたいそういう志向の雑誌だったんです。

ぼくは、一九八〇年代は大きくいうとぼくたちの負けだったという気がします。つまりぼくらは一九七九年ごろから雑誌を出して、一九八〇年代はこういう時代にするんだというイメージをもっていた。確かに、紫陽花邑とか部分的には展開したが、日本全土でいうとほとんど負けていた。『80年代』という雑誌名だったんですけど、しかし、世間ではそうではなかった。ぼくたちの負けだった。それが長靴で歩けない、ジーパンでは歩きにくい、一九八〇年代になったということだと思うんですね。ぼくたちの作ろうとした「八〇年代」と、日本のバブル経済の「八〇年代」があった。世間でいえばバブル的な八〇年代の方が断然メジャーだった。ぼくたちは基本的にマイナーだったんですね。

その結果どうなったかというと。昨日か一昨日か、オーストリアでトンネル事故が起こって、あそこで一〇人の日本人の生命が絶望視されています。その前、ギリシャでも観光バスの事故がありました。そういう事故がある時に、ヨーロッパで語られている話は、救助隊などの話から日本人の観光客なんかの死体はいつまでたっても腐らないということです。これはヨーロッパでかなり有名な話なんですが、なぜかというと防腐剤づけになっているから。だから腐らない。ミイラも真っ青と言われています。

先進国ではだいたい同じ状況だと思っていたのですが、実はその中でも日本は相当風変わりな文明とされ、ある意味では先進国の典型を走っている。

一九九〇年代を生きる子どもたち

それでいきなり現在の日本の普通の子どもの置かれている状況の話になります。

この人は一部の人にとっては有名なんですが、半分以上の人たちは名前もしらないと思うんですが、皆さんは「南条あや」という少女の存在を知っていますか？　あまり知られていないと思います。

ぼくの大学のゼミで「人生の社会学」として、拒食症・過食症とか自殺した人とか、過労死した人とか、ひとりの人間をとりあげて、その人をめぐる人間関係や家族のこととか、その背景の社会、そういうことを考えてケースカンファレンスや討論をしているんですね。この間、月曜日のゼミで学生が取り上げたのがこのケースなんです[3]。

これはどういう人かというと、「リストカッター」というんですが、手首を切るという自傷癖のある女の子なんです。

コンピューターのインターネットのなかのアイドル、いわゆる「ネットアイドル」で――一九八〇年生まれの子ですから、自殺したのですけど生きていれば一九歳か二〇歳で――高校の卒業式のすぐあとで自殺しました。

この人は、その前にお父さんとの関係とかいろいろあったのですが、中学に入ってイジメにあった。中学一年生くらいからリストカットをするようになったわけですから、相当年季が入っているわけで、手首のあたりは傷だらけで――手首の静脈を切るとピュッと血が飛び出るわけですが、それに快感を覚えるわけです。

自分の部屋で手首を切ると、血が出るからバケツに入れる。そのバケツを親の目を盗んでトイレに捨てに行く。

最初に静脈を切った時なんか血が出てびっくりしたんだけど、その後はちょんちょんと触って、「これ静脈かぁ」みたいなね。

とても文才があり、インターネット上で公開日記を毎日書いていたんです。

この少女の友達がインドへ行ったという話を聞いて、写真を見て、日記の中で「インド行きたいな」と書く、しかし「インドは不潔そう」「不潔は怖い」とも言うんですね。

インド的な不潔さは怖いんですよ。つまり自分の静脈を毎日切って平気な人が……、それは恐くないんです。彼女は自殺するつもりで、「卒業式まで死にません」と記念文集に書く。ずっと死ぬことばかり考えていて、最後はカラオケボックスで睡眠薬を飲んで自殺する。

ずっと死ぬことばかり考えている人が、「インドの不潔は怖い」というんです。その感覚ですよね。

もうひとつ思い出したのは、過去二年間くらい「やまんばスタイル」というのがはやっていて、ぼくが勤めている大学にもいるんですが、アフリカスタイルというか。

ご存知のように、あの流行はかなり長続きしたほうですが、それには理由があると思うんです。

彼女たちは「アフリカマン」とか言うのですが、「アフリカ」に憧れがあるんですね。イメージのアフリカですけど。顔を黒くして、口や目のまわりは白くしたり。最近流行りのテレビの「仕掛け」番組で、そういう女の子たちを街でつかまえて、ケニアかどっかに連れていくというのをやっていました。「憧れのアフリカでホームステイ」という企画にのった、渋谷かどこかの典型的な「アフリカ」スタイルの女の子三人を、アフリカへ連れていった。当然、「ホンモノのアフリカ!」ということで喜んでいたんですが。当初はその女の子たちをアフリカの原住民のふつうの家にホームステイさせて、その様子を放送するという予定だったようなんです。

ところが飛行機と車で現地まで行って、いよいよ憧れの「アフリカマン」の家の前にいったら、まず飛んでいる「ハエがコワい」ということで家に入れずに、車に逃げかえって、車の中から出ようとしない。そのまま三日くらい、車の中で寝泊りをして、結局「もう日本に帰りたい」「帰る」「帰る!」ということで帰ってきた。インドの不潔さが恐いということと同じで、現代の日本の社会は、人間がとても不自由になっている。生きかたの型がはめられている。歌を忘れたカナリアみたいに、うしろの山に放たれたら自分では生きて行けない。

あのアフロスタイルが二~三年前から今年の夏くらいまで流行ったのですが。もちろん普通の上品な市民たちからは評判悪い。

世の中の全体が長靴とか裸足とかジーパンで歩けないようなテクノ空間になってくる。それでも人間の〈生命〉の位相は呼吸を止めない。生きつづけている。

人間の五つの層と、現代人といえども一人の中に重層的な層があると言ってきたことと関わるのですが、どのようなテクノ空間の中で育った人たちでもこのようなことはあるのだと思う。

しかし、自分には見えないから手探りしている。同時に「自然派」の仲間たちからも評判が悪い。文明派からみれば「野蛮すぎる」し、野蛮派からみれば「文明すぎる」。どっちからいっても評判が悪い。だけどぼくは、そうだろうか、と思う。はるかなはるかな遠い所にある、自分自身の存在の底の底の方にある、うち開かれた世界に向かって、必死に手さぐりの手を伸ばしている、そういう触手の一本であるような気がする。あの流行自体はその内すたれる。来年はまた、どういうかたちで、新しい触手が伸びていくのだろうと。

テクノの街の先端を歩く青年たちの「アフリカ幻想」のようなもののうしろには——本当にアフリカに行ったら、ハエが怖くて逃げて帰ってきてしまうようなヤワな連中なんだけど——何かあるのだと思うんですね。

リストカッターの南条あやさんも同じで、やはり「インドに行きたいなあ」という気がする、だけど「不潔はいやだなあ」と思う。友達から話を聞くと「インドに行きたい」という気がするわけでその源泉には、何かがある。

南条あやの父親はカラオケボックスの経営者で、小さい頃からカラオケボックスの――テクノ空間の中で育った。

自分が死ぬときは、結局、近所のカラオケボックスで死ぬ。ふるさとなんですね。

八〇年代に島田雅彦という作家が、「遊園地がぼくらのふるさと」といって話題になった。九〇年代の南条あやは、カラオケボックスがふるさとなんです。

一九九九年三月三〇日に、そのカラオケボックスで死ぬ。この一千年紀の終わりに、人間が、どこまで来たか、ということですね。人間が、何を卒業しようとしているか。

死ぬ少しまえに、南条あやは、恋人に手紙を書いている。「これからは、和やかに時間が流れるように生きたい」と。それからその人と、渋谷で、小さな石のついた指輪を買っている。宝石じゃないんですね。石です。

二一世紀へ――〈火種〉を灯し続ける

一九八〇年代はぼくたちの負け、そのあとの二一世紀はそうではない、と思っている。どうしてそうでないかは、省きますが。中身のことは、三省さんのこんどの本[4]、とくに終わりの部分に書いてあります。読んでいただければと思います。

そこに書いてあるのとは別のことばで言うと、これまでの人間の思想というのは大きく分けると、〈離陸の思想〉と〈着陸の思想〉[5]があります。さっき三省さんの話でも「人間の陸上生物からの〈離陸〉」という言葉がでてきて、「ああ、言いたいことは同じだ」と思いました。

これまでずっと、人間の歴史の中で文明化とか近代化されて現代になってきて、大体この、〈離陸の思想〉というか——人間はいかに動物と違って、いかに都会はムラと違って、現代は近代とさらに違って——そういうことが進歩であって正しい、良いんだという方向性だったのですが。

それに拮抗して、三省さんたちがやっているのは、〈着陸の思想〉。〈離陸する〉ということは人間にとって必要なことだったと思っていますが、それはどこかに着陸するためにするわけです。〈離陸の思想〉というものの限界というか、こういう風に行ってたのではしょうがないなということが、明らかになるのが、二〇世紀だと思っています。

屋久島で二四年間三省さんがやってきたこと、この紫陽花邑で岸田さんがやってきたこと、山谷や寿で野本さんがやってきたことというのは、今から考えると、そういうある種の〈火種〉を絶やさないことだったような気がします。〈生命の火種〉というか、確かなものがここにはあるんだということを、ずっと絶やさないで保ち続けてきた。そのことが、トンネルを抜け出す段階になって、その基になっている、拠点になっているように思うんですね。

註

（1）真木悠介『気流の鳴る音――交響するコミューン』筑摩書房、一九七七年、七、二七頁
（2）見田宗介・小阪修平『シリーズ〈現代〉との対話5　現代社会批判／〈市民社会〉の彼方へ』作品社、一九八六年、九三～九四頁
（3）南条あや『卒業式まで死にません――女子高生南条あやの日記』新潮社、二〇〇〇年
（4）山尾三省『アニミズムという希望――講演録・琉球大学の五日間』野草社、二〇〇〇年
（5）見田宗介「離陸の思想と着陸の思想」『現代日本の感覚と思想』講談社、一九九五年、六一～六六頁。同「無限空間の再定位。離陸と着陸」『現代社会の理論――情報化・消費化社会の現在と未来』岩波書店、一九九六年、一三七～一四二頁

＊本稿は奈良県奈良市の大倭紫陽花邑で開催された「賑栄《にぎわ》い塾」（話し手は真木悠介、山尾三省、野本三吉、阿木幸男、岸田哲）の報告書、『賑栄《にぎわ》い塾――いのちのあり方を考える』（二〇〇一年〔復刻版二〇一〇年〕）から著者の発言を抜粋し抄録したものである。タイトルは編集部による。

静かな死。静かな生。

〔山尾〕三省さんの生は、ぼくにとって、遠い確実な「支え」のようなものでした。たくさんの人たちにとって、三省さんの生は、このように遠い、あるいは近い、確実な「支え」であったように思います。

三省さんの死は、事件とか衝撃のようにではなく、とても静かにやってきました。その死を一大事件たらしめた三島由紀夫や多くの死とは、どこか対極に立つものでした。七月の初めにいただいた書簡の末尾にも、とてもさりげなくそして真面目に、「一足お先に」と書かれていました。

この静かな、確実な、ひたむきな死は、三省さんの静かな、確実な、ひたむきな生のそのままの継続であるもののようでした。

三省さんは静かに扉を開け、静かに扉を閉めて往かれました。

このことによって三省さんの生は、その死の後も、その死の前と、少しも変わることのない仕方で、ぼくたちの生の、確実な「支え」でありつづけています。

三省さんが、このように生きた、という真実は、永遠に消えるということがありません。死によって消える生が存在し、死によって消えることのない生が存在します。真実に生きられた生は、死によって消えるということがありません。

初出＝『季刊　生命の島』五八号（屋久島産業文化研究所　有限会社生命の島、二〇〇一年一二月）

水の黙示録

バビロニアの天地創造神話によれば、はじめに咆吼する大海があった。その混沌はティアマートと呼ばれ、エア神の子アルヅクがこれを征服し、ティアマートの身体を二つに引裂いて、一方で大地を造り、他方で天空を創ったという。

ティアマートは巨大な竜のイメージをもつ。原初の神や英雄が竜（または蛇）を退治して秩序を創造したという神話は、人間の文化のいたるところにみられる。エジプトのレー神のアポフィス退治。旧約のヤハウェのレビアタン退治。インドのインドラのヴリトラ退治。日本のスサノオのヤマタノオロチ退治。ペルシャのスラエータオナによる、三つの頭をもつ竜の退治等。竜または蛇は、混沌と渦巻く水、波打つ水の象徴であった。

世界のいくつかの、いっそう原初的な文化の中では、この水の象徴である竜または蛇は、ほんとうはよきものの象徴である。アステカのケツアルコアトル（羽のある蛇）は豊饒の象徴であり、いつか世界を救済するために再来する神である。アフリカのマンダリ族の、二つの頭をもつ蛇は流れの象徴であり、マンダリの人びとの守護神である。日本の土俗信仰の地層でも、蛇は水神であり田の神として、農耕民の守護神である。

水の象徴が二つの地層をもっているのだ。

日本の土俗信仰で正の象徴であった水神が、大和朝廷の神話体系の中で反対に負の象徴へと、〈征服されるべきもの〉の象徴へと転落してゆく。ヘブライとは「他所から来た者」、土着者に対立する者という意味である。ユダヤ・キリスト教の神話で竜あるいは蛇が、執拗に〈悪〉の象徴とされているものは、彼らが侵入してみずからの聖地と定めたカナンの地（パレスチナ）の、先住農耕民であるカナン人、アモリ人、あるいはペリシテ人たちの、それが象徴であったからではないかと思う。

〈水〉の力の象徴たちは、これらの文明の神話の体系の中でさえ、「世界」を支え、「世界」を包囲するものとして、あるいは「世界」の力の源泉として語られている。キリスト教世界の「洗礼」は本来浸礼であり、ガンジスのヒンドゥー教徒が今日でもしているように、全身をカオスに浸すことをとおして新しい生の力を得る儀式であった。ティアマートの肢体が今も天地を支え、世界を包囲しているように、咆吼する大海は今も、ぼくたちの世界の岸辺を洗い続ける。

初出＝杉本博司『［SUGIMOTO］——杉本博司写真集』（リブロポート、一九八八年）の序文。のちに『定本見田宗介著作集 Ⅱ』（岩波書店、二〇一一年）所収の「時の水平線。あるいは豊饒なる静止——現代アートのトポロジー：杉本博司『海景』覚書」の一部として改稿し収録

III　解放から交歓へ

解放の主体的根拠について――根底的解放の理論のために

ここに記された文章は、私自身の行動・討論・学習・思考をとおしての理論追求のプログラムであると同時に、私がいま夢想している一つの（もしくは複数の）サークルにおける討論のスケジュールである。したがってここでの課題は、一、基本的な問題の提起・関連する諸々の論点の明確化および体系化、課題の当必然的な連関構造の提示、二、基本的な視座の設定と方法的原理の追求、三、最低限度の基礎的な主導仮説の提示、という三つの予備的な作業に限定されている。

「根底的解放の理論のために」と題されるであろう作業の全体的な構想は以下のようであり、このノートはその第一部の素描にあたる。

Ⅰ　解放の主体的根拠の問題

1　自己情況論Ⅰ：〈私〉にとって解放の根拠とは何か。

序　実践的＝総体的理論の要請

生きているわれわれにとっておよそ「理論」が意味をもつのは、実践そのものを根拠づけする実践として、ぬきさしならぬ切実さをもって理論的営為が要請されてくるかぎりにおいてであるというふうに、私は理論をとらえる。理論とはメタ実践に他ならない。

いまわれわれは何をなすべきか。真に価値ある生とは何か。どのような人間と社会に向ってわれわれは歩もうとするのか。――個別「諸学」の知的な営為は、これら根底の問いに応える透徹した論理の構築に向けて不断に全体化されてゆくことをとおして、はじめて生きた主体にとっての意味をもちうる。

私的な個人の実践主体と抽象的な形式の普遍性との二重化をその原理とする近代市民社会の構造そのままに、「専門化」された技術知の集積と抽象的な論理と倫理の形式の普遍性とに二重化された近代の知の体系は、生きる主体の全体化的な実践のつきつけてくる根底の問いそのものからみずからを疎外しつづけ、没意味化しつづけてきた。高度の個別的実践技術と普遍化された格律の抽象性とのはざまに立った「人間」は、統括的・全体化的な実践の根拠を喪い、せめぎ合う無数の「根拠」に引き裂かれ、解体し風化してゆく。こんにちの大学闘争もまた、その最も先端的な思想的意味の位相においては、まさにこのような「近代」の知の体系と、近代市民社会の原理、その中に生きる「人間」の分化と解体への叛乱に他ならない。

たとえば大学闘争は〈答えのない問い〉をつきつけたといわれる。だれがこの問いに答えただろうか。だれも答えていはしない。ある者はたまたま現場にいないことによって、ある者はてってい的な厚顔と無神経とによって、ある者はひたすら問いを回避して日常の内部に息をひそめることで、自己の存在の根底の危機の露呈を直視しまいとしたにすぎない。

学生たち自身も答えていはしない。闘争を「指導」しようと立ちあらわれたセクトや指導部や「思想家」たちは、闘争の過程そのものによって次つぎとのりこえられた。そして闘争そのものは、人類思想の未踏の暗闇にむかってなだれこもうとしている。

一度吹きあげたこの呵責なき問いは必ず、現代のすべての生活の場を吹きぬけていくだろう。自己の根拠の崩壊におびえる人びとのあらゆる「鎮圧」のこころみによってますます強力に、(やがて鎮圧者自身の心のすみずみにまで)、〈答えのない問い〉をつきつけて吹きぬけるだろう。たまたま何か偶然の「事件」によっていくつかの大学に吹きあげた火が、全社会をおおうのではない。全社会の底部にあって、日常性の支配のもとに外面的・内面的に管理され抑圧されていた、〈答えなき問い〉のマグマが、矛盾の結節点である大学をたまたまその火口にえらんで吹きあげたのだ。だからこの問いの炎は、全社会を外からおおうのではなくて、全社会の地底の深部のマグマの噴出を、次つぎととどめようもなく触発していくようなかたちで、大地をおおいつくすだろう。

そしてわれわれは、この運動を外から「理解」し、立場を定めて対処するという仕方ではなく、それぞれの自己の現場で、この〈答えなき問い〉をみずからの問いとして、みずからの固有のことばで問いつめてゆくことの他に、およそどのような意味のある行為もなしえないだろう。

それではその〈問い〉とは何か。

運動が個々の参加者や組織の思想をたえずのりこえる形で展開している以上、われわれはそれを総体としての運動が、世界に向ってつきつけた問題の客観性として、とらえるのでなければならない。

そして同時にこの問いは、問われる者のそれぞれが、あらたな問いの主体として、みずからの固有の言葉で自己の内部と外部にむかって問いなおす問いでなければならない。

このような普遍的・主体的位相において把握された時、〈私〉にとってこの問いは究極において、次のようである。人間の根底的な解放はどのように可能であるのか。それはわれわれに、どのような現在的実践を要請するのか。そしてこの現在的実践そのものをとおして、われわれはどのように自己を解放しうるのか。

まさしく答えのない問いである。だがそれは、生きようとする人間の具体的な場から提起されてきた、真正の問いである。そしてこのことは、くりかえし確認するならば、生きる主体の全体化的な実践のつきつけてくる根底の問いを回避し、自己を疎外し、没意味化しつづけてきた近代の知の体系と、それを支え、またそれに支えられてきた近代市民社会の構造自体への挑戦である。そしてこの問いに答えるということは、近代世界の内部に形成されてきた自己の思考と、自己の生き方を変えるということに他ならない。しかも同時にこの変革は、真にみずからの内的な必然性にもとづいた、一つの自己解放としてはっきりとみずから把握しうるものでなければならない。

自己の行為と生活を内的な無根拠のままに放置し、その時どきの外的な諸根拠にゆだねることを拒否し、真にみずからの生としてその生を生きることを欲するすべての人びとと共に、私はこの〈答えのない問い〉に向って、私におそらく長い道程を歩みつくしたい。

1　自己情況論　―　〈私〉にとって解放の根拠とは何か。

根底的解放ないし変革の論理を追求するにあたって、まず最初に問われねばならないことは、それぞれの〈私〉にとって、そもそも解放や変革がほんとうに必要なのか、もし必要だとするならば、それはどのようなやむにやまれぬ根拠によるものか、ということである。

これは一見ばかげた質問のように思えるかもしれない。この民衆の苦悩のうめきのただ中で、なにをおまえは気楽なことをいっているのか、人民にとって解放と変革が必要なことは、毎日毎日の生活の事実なのだ、と。しかし、ほんとうに私たちは、毎日を苦悩の海にうめいているのか。

たとえばこういう単純な事実をどうするか。現代の日本人に「あなたは幸福か?」という単純な質問をすると、80%以上が幸福だとこたえ、不幸と回答したものは13%ほどにすぎない。アメリカやカナダやイギリスやフランスの調査においては「幸福」率はもっと高いのだから、「国民性」といった問題に解消することはできない。しかも一方、ヨルダンやイランでは40%

前後が自分を不幸とみており、レバノン、エジプト、シリアでも20～30%、トルコで20%前後が不幸と回答している。また日本でも「単純労務者」のあいだでは、「不幸」の率は30%近くにたっする。（統計数理研究所『日本人の国民性』、林・西平・鈴木『図説日本人の国民性』等）これらのことは「幸福」意識が、まったく主観的恣意によりどうにでもなる妄想のようなものでなく、少なくともある程度のたしかさをもって物質的生活水準等々の客観的条件と関連することを示し、しかもその上で、日本や欧米諸国の圧倒的多数の民衆が、自分を「幸福」であると証言しているということを示す。

もちろん民衆の「幸福」の意識の下に、どのような諦念や屈託がかくされているか、またその「幸福」の実体が、どのようにつましくささやかなものか、あるいはまたその「幸福」自体が、どのようにたぶらかされた「虚偽の意識」にすぎないか、等々について、はてしない論議がありうる。またそれが、まさしくアジア・アフリカの抑圧された民族の不幸のうえに、あるいは日本社会自体の下積みのかくも多くの人びとの不幸のうえに――少なくともその不幸とともに――存在し享受されているという事実を指摘することもできる。そしてわれわれは、まさにこのような情況を、そのさまざまな位相の深みの総体において把えるのでなければならない。今日の高度資本主義社会に生きる民衆の多くの部分は、その日常の意識において、けっして苦悩にうめきつづけていはしない。だからこそ民衆の一人としての私たちは、それぞれの〈私〉にとって、ほんとうに変革は必要なのか、もしそれが必要ならば、それはどのようなやむにやまれぬ根拠によるものかということを、しっかりと問いなおすことから出発せねばならない。

それはたとえば飢えであり、貧困であり、差別であり、屈辱であり、孤独であり、核戦争の影であり、奪い去られた愛であり、疎外された労働の強制であり、自己の将来の限定であり、意味なき生の強要であり、強いられた物化と規格商品化であるかもしれない。〈私〉の生きる情況とその未来との透徹した認識のうえに、このようなゆるがぬ根拠を把握した時にはじめて、解放と変革に向う情熱は真に不屈の意志を形成するであろうし、同時にまた、一枚の紙きれのねうちさえない「解放」や「変革」の観念一般ではなくて、まさにどのような解放や変革なしには、〈私〉は人間として生きていけないのかを明らかにすることによって、〈私〉の行為と生活に確信にみちた進路を示すだろう。

このような自己の根拠の定位がアイマイなままであるとき、観念の実体化による運動の上すべり、組織や運動の自己目的化、方向の恣意性と機会主義的な目的のすりかえ、そして安易で不毛な転向、等々を避けることができない。

むしろ〈私〉の情況のなかに、もしそのような必然的根拠が存在しないのならば、浅薄な

「革命的」空語に酔って他人をも自己自身をもたぶらかす遊びをやめて、むしろこの体制の中の現場で、自己の課題と雄々しく取組むべきであろうし、あるいはまた、この世界の中で得られる生の機会を生きつくすことが、真実の生き方であろう。

しかしもちろん、〈私〉の解放の主体的根拠がいつも、〈私〉自身の個的な情況の内部にあるとは限らない。〈私〉自身の主要な根拠が、先に例示したような種類のものでなく、むしろベトナムの大量的虐殺であり、インドの子供の飢餓であり、社会の不正と偽善とであり、抑圧された人びとの苛酷な生活状態であるかもしれない。それらは直接〈私〉自身の個的な情況のうちになくとも、彼らの不幸の黙殺の上に、そしてこの情況への加担のうえに、〈私〉自身の幸福をきずくということが耐えがたいという、〈私〉の真実にねざす。このばあい根拠の具体的な定位は、当然〈私〉自身の即自的な情況論の内部では解決しない。〈人びと〉（すなわち他の〈私〉たち）と〈私〉自身との共同の情況としての全体情況の認識を前提とする。

しかしこれらのばあいにも、〈他の私〉の問題は、（外的な「禁欲」や「博愛」によるエゴとの接合ではなくて！）全体情況の真に明確な把握によって媒介され、〈私〉自身の内的な必然性にまで高められたとき、すなわちふたたび〈私〉自身の情況の問題として確実に把握されたとき、はじめて真に〈私〉の主体を賭けた実践の根拠となるだろう。われわれはこの問題を、全体情況の展望ののちにもういちど〈私〉の情況にかえって統合するときに、エゴイズムの止揚あるいは、〈欲望の解放的昇華〉の位相で検討することになるだろう。

解放の主体的根拠の把握は、これまでにみてきたような、〈私〉もしくは〈人びと〉の情況における否定性への批判として存在するばかりでなく、一見これとは逆の仕方で存在することもありうる。すなわち、「いまの社会が耐えがたいからではなくて、よりよい社会が可能であるから」といった根拠のあり方である。ここでは主体の実践は、絶望からではなく、希望から出発する。怒りと不満と怨恨と憎悪からでなく、想像力の自由な飛翔と、人間の可能性への確信とから出発する。現状への弾劾よりも、むしろ未来のヴィジョンに力点がおかれる。

これら二つの根拠の位相は、あらかじめ相対立する二つの「立場」であるかのごとくに提示されてはならないだろう。事実これらは、主体が真に全体的な実践の根拠を定立するにあたって、たがいに他を前提しあい補足しあう二つの位相に他ならない。現状にたいする否定は、なんらかの可能性への希望とむすびつかないかぎり、諦念か自虐か虚無的反抗を生むばかりである。逆にまた可能性への展望は、なんらかの現状批判にねざさぬかぎり、たんに空疎で恣意的な想像力のあそびにすぎない。

にもかかわらず、絶望と希望、怒りとあこがれ、弾劾とヴィジョン、批判と構想のいずれの位相に力点がおかれ、実践のいわば最初の直観的根拠がどちらにあるかということは、解放の方法的原理にはじまって、組織のくみ方や戦略・戦術、〈私〉主体の運動とのかかわり方にいたるまで、微妙に異った色調を与えずにはいない。そしてこのことは、とりわけ「先進」諸国における「幸福な」基幹労働者、学生、およびインテリゲンチャが、自己を解放の主体として定位するとき、現実的な意味をもつことになりうる。

さらにまたこの発想にもとづく解放、すなわち、「いまの社会が耐えがたいからではなくて、よりよい社会が可能であるから」という根拠による変革は、未来社会の構想自体にとっても独自の意味をもつ。なぜならば、われわれの実現すべき未来の社会とはまさに、このような前進的な変革をたえずみずからの内にうみだし、そのことによって、無限に自己をのりこえて進む開いた体制でなければならぬからである。われわれはのちに、「あるべき」社会と人間の像を探究するであろうが、それは従来のユートピア論やミレニウムのイメージのように、静止した「青写真」としてではなくて、不断の変革そのものを自己の原理として内包する、動的なシステムとして求められるであろう。

2　全体情況論
〈人びと〉にとって解放の根拠とは何か。

〈私〉自身にとっての解放の根拠がすでに、自己の個的な情況をのりこえるものである以上、われわれは根拠の定位そのものの段階ですでに、すべての〈私〉の生の情況の全体的な把握をふまえねばならない。まず空中に「目的」の定立があって、これを実現すべき「場」として――すなわち、条件、手段、障害等の複合として――全体社会の認識がはじめて要請されるのではなく、「目的」の定立そのものがまさに、全体社会の認識をその内的な前提として要請する。

この方法は、純形式的にみると一見、「まず情勢分析があって、そこから行動の課題が引出されてくる」という、古典的な「総括と展望」のパターンに回帰するごとくである。このパターンにたいしては、情勢の主体であるべき〈われわれ〉自身がまず何を行なうかという観点をぬきに、客観情勢を、「総括」主体からきりはなし、前者の客観主義的な分析によって後者の課題を枠づけするという意味で、「情勢分析主義」として批判されてきたことは当然である。このパターンのばあいはまた、「目的」はいつも大前提としてはじめから設定されており、いわば小前提として位置づけされる「情勢分析」が確定すると、結論としての行動の指針はそこからあたかもオートマチックに引出されてくる仕組みであった。

しかしここでは、「目的」の定立そのものがまず問われている。一切の理論的・価値的先入見からいったん解放された地点に立って、ほかならぬ〈私〉自身の実践のゆるがぬ根拠を、その現実的内容において把握することが要求されている。そしてこの局面における全体情況の認識は、〈他の私〉の情況が〈私〉自身の情況とともに、〈私〉の実践の究極的な根拠のうちに浸透するかぎりにおいて要請される。もちろん、自己以外のすべての人間を完全に物化してしまう、いわば即自的エゴイズムの凝結としての人格を想定するならば、そのような彼にとっては、実践の主体的根拠の定位そのものは、〈私〉自身の個的な情況の内部で完結するのであるから、この段階では全体情況の把握は少しも必要がないわけである。

したがってここで、全体情況の認識は、二重の意味で主体的・実践的認識でなければならない。まず第一に認識の対象としての〈人びと〉は、まさしく他の〈私〉として、すなわち固有の価値主体として、それぞれの〈目的〉として、把握されなければならない。第二に認識そのものは、主体としての〈私〉の実践の根拠を定立するという、問いにつらぬかれねばならない。このような認識の主体性・実践性が、その透徹した客観性と少しも矛盾するものではなく、むしろ相互に前提し合い、全体的認識のためのともに不可欠な方法的契機をなすということはいうまでもない。

われわれはこのようにして、労働者の、農民の、主婦の、学生の、インテリゲンチャの、そしてベトナムの農民の、インドの母親の、アメリカの黒人の、チェコの学生の、フランスの工場労働者の生の情況を、それぞれのかけがえのない、〈私〉の情況として把握することを追求せねばならない。それは最も感性的・直接生命的な掌握であると同時に、最も高度に論理的・客観的な認識でなければならない。

すべての〈私〉の生の情況の総体的な把握としての〈全体情況論〉は、方法論的・極限的に理想的なかたちにおいては、諸社会層のすべての個人みずからによる、透徹した〈自己情況論〉をふまえて、その共同的総括の運動として追求されるべきである。

しかし、もちろんこのことは当面は不可能である。したがってわれわれはまず、〈私〉自身の内にある他者の生への接近の能力としての、感性的了解および知的再構成の機能を組織的に適用しながら、〈私〉自身の実践の根拠の基盤を拡大してゆかねばならない。いうまでもなく、感性的了解および知的再構成の能力は、意識的な自己訓練、相互訓練、および体験の拡大によって、きたえあげていくことのできるものである。

とはいえ、われわれが、自己の感性的了解能力をどこまで発達させたとしても、他の〈私〉の情況をその当人とおなじ切実さにおいて追体験するということは永久に不可能である。またわれわれが、自己の知的再構成の能力をどこまできたえあげたとしても、すべての〈私〉の情況をめぐる全要因とその連関を認識のうちに統合しつくすことは永久に不可能である。〈他の私〉の情況の把握における、〈私〉の能力の二重の意味でのこの限界を明確に意識するとき、われわれはもはや、「最終的な」真理を掌握したかのごとき傲岸な自己絶対化と硬直におちいることはありえぬだろう。

3　全体情況論 II
現代社会論――情況の〈前進的〉把握

全体情況把握の最初の局面としての、いわば遡行的局面、（前節）においてわれわれは、〈私〉自身の個的な情況のかなたに生きる、それぞれの〈私〉としての他者が、それぞれの情況のうちで、どのような変革ないし解放を必要としているか、またはいないのかということの確認を追求してきた。したがってその方法は、自己情況論の方法の拡大であり普遍化であった。いうまでもなく、自己の個的な情況のかなたの根拠も究極的には、世界のどこかの〈私〉の個的な情況のうちに根拠をもつのであるから、実践の定位は、まずそれぞれの〈私〉の個的な情況の把握から出発せねばならない。

しかし、このようにしてえられた結果は、〈私〉の内部にあって、いわばその複数性のままにとどまり、実践の根拠を多元化してしまう。それぞれの自己情況をいわば無限に掘り下げて透徹すればそこで一元化するという仮説をたてることもできるが、とりわけ〈稀少性〉の情況のうちで、諸個人の生の自由な展開がたがいに矛盾し敵対しあう時代の現実のうちにあっては、このような仮説を安易に前提することは許されないだろう。

したがって前節における、いわば「遡行的」方法による総体的社会学をふまえて、それらの個的な自己情況の遡行的解析のすべてを、唯一のこの現実の歴史的展開過程のうちに定位し、透明な一つの全体認識のうちに統合するような、統合的社会学＝歴史認識をうちたてねばならないだろう。

われわれはこのときはじめて、自己の行為と生活の一義的準拠として依拠するにたる〈世界観〉を獲得することになる。それは当然、個の実存的情況の解析をぬきにドグマとして注ぎこまれた「世界観」または、自己の恣意的な「体験」の凝固的絶対化としての「世界観」とは異った、無数の主体的・現実的契機によってビッシリとうらうちされた論理の世界観となるだろう。それは、同時に、全体化の遡行的局面における永遠の未完結性の意識を内包することで、たえざる自己止揚への志向をその必然的契機として抱く「開かれた」世界観となるだろう。

4 自己情況論 ＝〈対自的エゴイズム〉または、欲望の解放的昇華

全体情況論の過程で、統合的な全体認識として獲得された〈世界観〉が、実践のための一義的準拠とするに足るということは、しかしけっして、その〈世界観〉が、〈私〉の具体的実践内容を、オートマチックに、「一義的に」、決定してしまうということではない。ある一つの〈世界観〉は、その世界観の内部で、〈私〉がその実践の立脚根拠をどのように定めるかにしたがって、さまざまな実践の準拠となりうる。したがって実践のための主体的根拠の問題は、(全体情況の認識をふまえたうえで) その最終の局面において、ふたたび他ならぬ〈私〉の問題としてたちあらわれる。

ある〈世界観〉の内部において、〈私〉がその実践の立脚根拠をどのように定めるかということは、いいかえるならば、さまざまな〈他の私〉たちの情況と、〈私〉自身とのかかわり合いの構造をどのように選ぶかという問題である。

一例をあげるならば、「九九人が幸福であっても一人が不幸であるならば、私はその不幸な一人の側に立つ」という選択がありうる。この選択は、80％以上の「幸福」意識のさなかでラディカルな変革を志向する者の倫理的決断として、実践的な効果をもっている。だがそれはすぐに、一人の不幸の救済のために、九九人の今の幸福を犠牲にしてよいか、という批判にさらされる。いや、九九人のうちの一人の幸福をさえ、犠牲にしてよいかということになる。なぜならば彼はこんどは（新しく不幸におちこんだ）その一人の側に立たねばならないことになるだろうから。この比率が九九人と一人ではなく、八七人と一三人でも、あるいは逆に一人と九九人でさえも事態に変わりはないだろう。「多数者」の側に立つというならば、五五人の幸福のために四五人を奴隷化してよいかという問題になる。形式的デモクラシーの合意は、九九人の安心のために一人を圧殺するかもしれない。

いずれにしても問題は、「最大多数の最大幸福」といった功利主義的な算術によっては解決しないだろう。一人と九九人が（あるいはまったくおなじことだが、五五人と四五人が）対立として、いわば天秤にかけられたかたちで語られる情況こそが、のりこえられなければならない。

これはもちろん、たんなる「発想」や「考え方」の問題ではなく、このような「発想」や

「考え方」を自然なものとして、日常の意識のうちに不断に分泌する情況の客観的な構造の問題である。すなわち、ある一人の幸福への道が、他の一人の、もしくは多数の、不幸を前提したときにはじめて可能であるような、そのような諸個人間の関係のあり方こそが止揚されなければならない。

全体情況は具体的には、個々の〈私〉と他の〈私〉との関係性の積分的総体として存在する。その微分的単位としてこの一対の〈私〉のあいだの関係性の性格がここでは問題になってくる。すなわちこの関係性は、〈私〉の目的追求が対者の目的追求にとっても同時に促進的な意味をもち、逆もまた然りであるような正函数的関係性であることもあり、この反対に、〈私〉の目的追求が対者の目的追求にとって阻害的であり、逆もまた然りであるような負函数的関係性であることもある。

前者を相乗性の関係、後者を背反性の関係とよぼう。愛し合う男女の性的関係は相乗的である。一人の欲望追求は同時に他方の欲望の充足である。これと反対に、飢餓情況で一片のパンを争う二人の関係は背反的である。一人の欲望追求は他方の欲望の充足を不可能にする。

分業的な労働集団、オーケストラ、探検隊、レジスタンスの同志たち、等々はすべて、相乗的集団である。所属するすべての〈私〉たちは、たがいに他の成員たちを不可欠の前提とし合う。〈私〉の目的実現は、この集団の仲間の存在によってはじめて可能とされる。他の成員の存在自体が〈私〉の能力（すなわち、目的のより高度な達成可能性）の前提であるのみならず、他の成員の能力が増大することは、そのまま〈私〉の能力の増大である。この関係は、集団内のすべての〈私〉にとって成立しているのだから、それぞれの〈私〉たちの目的追求的な努力は、いわば相乗的である。

これに反して、受験生、公団の入居希望者、職安の窓口に並ぶ失業者、限られた市場を争う同業者、等々はすべて、背反的集団である。所属するすべての〈私〉たちは、たがいに他の成員たちをやっかいな障害とみなす。〈私〉の目的の実現は、この集団の仲間の存在によって妨害されている。他の成員の存在自体が〈私〉のチャンス（すなわち、目的のより高度な達成可能性）の制限であるのみならず、他の成員のチャンスが増大することは、そのまま〈私〉のチャンスの減少を意味する。この関係は、集団内のすべての〈私〉にとって成立しているのだから、それぞれの〈私〉たちの目的追求的な努力は、いわば背反的である。

相乗的集団においては、新しい一人の加入者は他のすべての成員たちから歓迎される根拠をもっている。そして〈私〉は、〈私〉自身の加入によって集団の力量をいっそう高め、そのことによってふたたび〈私〉自身の力量を、相乗的に高めることになる。このばあい〈私〉にとって集団は、〈私〉自身を〈私〉自身に相乗的に回帰せしめる媒体である。
背反的集団においてはすべてが逆である。新しい一人の加入者は、他のすべての成員たちからため息を吐かれる根拠をもっている。そして〈私〉は、〈私〉自身の加入によって競争率等を高め、そのことによって〈私〉自身の敵になる。このばあい〈私〉にとって集団は、〈私〉自身を〈私〉自身に背反的に回帰せしめる媒体である。

むろんこれらの集団を、実体的にいつも分類できるわけではない。売買や取引や雇用の契約関係や、スポーツやゲームの相手関係や、現実の多くの家族関係にみられるように、実際の人間関係はむしろ、相乗的＝背反的なアンビヴァレンスを内包しているのがふつうだからでもある。

さらにまた、現実の実体的な集団が、どのような位相から意味づけされているのかということもある。研究者または学習者による〈学問のための〉集団は、その研究や学習自体が真実の目的であるかぎりにおいて、相乗的集団である。他の成員の力量の増大はそのまま、切磋をうける〈私〉自身の力量の増大につながるからである。けれども真の目的が、ある限られた地位や席次を争うことにあるばあい、様相はたちまち一変して背反的集団となる。他の成員の力量の増大はぎゃくに、〈私〉自身のチャンスの減少を意味するからである。

また、ある有用な物質（たとえば薬品）を生産する者どうしは、その有用な物質を生産すること（使用価値の生産）自体が真に目的であるかぎり、相乗的集団である。他の生産者が大量に生産することは、〈私〉自身の目的（＝有用なる物資の供給）を私にかわって達成してくれたのであり、〈私〉の心からなるよろこびとして感受される。しかし真実の目的が、有用物資の供給ではなく、資本の利潤をあげること（商品としての価値の生産）であるばあいには、様相はたちまち一変して背反的集団となる。他の生産者が大量に生産することは、市場価格を引下げ、あるいは在庫を増大せしめることにより、〈私〉自身の目的を妨害するからである。

以上の例からも、われわれの生きる時代の情況のうちに、いたるところで諸個人間の背反的関係性を余儀なくさせる力がひそんでいることが察知されよう。このようないわば、普遍的背反化への磁力の支配こそ、われわれの生きる時代を根底において定義する原情況に他ならない。エゴイズムとは、このような〈原情況〉のさなかで、一人一人の欲望が、他の成員の欲望にとって相互に背反性として定立されざるをえない、その欲望の状態として定義することができる。

別のいい方をするならば、エゴイズムとは、人の実存がこのような欲望の呪縛のうちにとじこめられている状態として把握することができよう。

そしてこのエゴイズムこそ、〈原情況〉の磁場におかれたわれわれが、身に蒙る最も深い傷痕であり〈自己・疎外〉の形態であるといえよう。それはこの社会に生きる諸個人を、いわば〈被害的加害〉の連鎖を無限にはりめぐらしながら、十重二十重に拘禁している。一つのそれからやっと身をもぎはなした瞬間にすでに、他の同様の環のなかにおちこんでいるといった仕方で。——失わるべき原情況の鉄鎖とはこのような形において、空気のごとく〈私〉の内外にはりめぐらされる。

しかもこのエゴイズムによる実存の拘禁ということは、〈私〉の生きる欲望を他の個体との背反性において現出せずにいない〈原情況〉の客観的な構造にねざすものである以上、〈私〉の主観的「決意」によってただちに超出しうるものでない。エゴイズムの止揚の課題はまさに、この〈原情況〉そのものの客観的かつ実践的止揚の問題なのである。そしてこの課題に向う実践のみが、真に根底的な意味をもつ実践である。

だがそれにしても、エゴイズムを自己の内的宿命として強いる〈原情況〉のさなかで、〈私〉はいったいどのようにして、この〈原情況〉そのものを止揚する主体となりうるだろうか。

そもそも〈私〉は、自己のエゴイズムにたいして、どのような態度をとるのか。まず第一に〈私〉は、この宿命に居直ってエゴイズムの密室のなかで朽ち果てる生を選択することもできる。そして第二に〈私〉は、自己の内的宿命を止揚しきれぬにもかかわらず、エゴイズムを超越したかのごとくふるまう偽善の生を、もしくは自己欺瞞の生を、選択することもできよう。

しかしこれらの生き方を、生きながらの死として拒否する人びとに、どのような生が可能か。最初に考えられるのは、自己のエゴイズムをいわば論理の外の力で一挙に清算してしまう試みである。たとえばそれは、何かひとつの「超合理的」な〈信念〉や〈決意〉や〈立場〉や〈信仰〉によって、有無をいわさずエゴイズムを抹殺してしまおうとする。あるいはそれは、「とにかく実践に身を投げ入れる」ことにより、「後戻りできない地点」に「自分を追い込み」「退路を断って」しまおうとする。

この生き方はきわどい。一歩を誤ると、押し付けがましい独善や悲惨な自己喪失に追い込む。けれどもそれが、もしその主体の存在を賭けて真に遂行しぬかれるならば、彼は一つの崇高な人格性を獲得し、彼の存在そのものによって、〈原情況〉のあらゆる欺瞞と倒錯をたえず告発しつづけるような、情況内的超越者の位置を獲得しうるであろう。

けれどもこのような、いわば自己強制による超越は、真に後戻りできない論理の獲得による自己止揚ではないゆえに、自己の欲望そのもののうちに内的な必然性をもたない。したがって彼の「姿勢」の持続はもっぱら、論理的根拠をもたない〈信念〉や〈決意〉や〈立場〉や〈信仰〉の主観的絶対化に依拠するか、または外的な強制としての、「追いこまれた」状態の持続に依拠することになる。

したがって彼が、（もし自己自身の聖者的超越性の獲得にとどまるのでなく）情況の全的止揚を志すならば、その戦略と〈他者〉への態度は、つぎのようなものでしかありえぬだろう。すなわち彼は、他の〈私〉の変革を、その〈私〉の自己解放の問題として提起することができない。いいかえれば他の〈私〉の内的な必然性に信頼し、これに依拠して変革することができない。なぜならば彼みずからが、自己のエゴイズムを論理外的強制によって、いわば暴力的にしか圧殺しえなかったのだから。したがって彼は、他者にたいしても、自己の〈信念〉や〈決意〉や〈立場〉や〈信仰〉を強要するか、あるいは他者を、「後戻りできない」ところに「追い込む」ことによってしか変革できない。そしてこれらの「強制」と、それにたいする反作用、それにたいする反・反作用等々の帰結の総体は、ふたたび新たな抑圧と疎外の体系を形成せずにはいないだろう。

したがって真に必要なことは、変革の内的根拠を、〈私〉自身の内的必然性として、すなわちまさに「後戻りできない」ような論理として獲得することであろう。この時それは、他ならぬ〈私〉自身の解放の唯一の当必然的要請として把握されるのであって、たんなる恣意的な

〈信念〉や〈決意〉や〈立場〉や〈信仰〉の問題でもないし、また外的な状況に「追いこまれた」結果でもない。

　そしてこのような、主体の当必然的な論理を獲得したとき〈私〉は、〈他の私〉にたいしてもまた、他ならぬ彼みずからの解放の問題としてこれを提起し、彼自身の内的必然性に依拠しつつ、彼を解放することができるであろう。

　このような論理の獲得はまず、自己のエゴイズムを、自己の実存の自由なはばたきを殺す内なる牢獄として、自己の内なる敵として、論理的かつ感性的に明確に把握すると同時に、しかもこのエゴイズムが、〈原情況〉の客観的な構造のうちに、そのメカニズムの総体のうちに牢固とした根拠をもつものであるということをはっきりと認識するところから出発するだろう。この二つの認識がたがいに透徹したものとして、ぬきさしならぬ実践的矛盾として切り結ぶ時、〈原情況〉の根底的止揚の課題は、まさに〈私〉自身の解放の問題として、それなしには〈私〉自身の人間的な生が不可能であるような、当必然的課題としてたちあらわれる。

　みずからのプロレタリアートとしての存在そのものの止揚に向う存在として、対自的プロレタリアートがあるように、エゴイズムの止揚に向うエゴイズムとして、対自的エゴイズムはある。

対自的プロレタリアートがその存在の止揚を志したとしても、プロレタリアートであるという客観的被規定性からただちには自己を解放しえぬのと同様に、対自的エゴイズムもまた、〈私〉の生きる欲望がエゴイズムとして、すなわち他の〈私〉の生きる欲望と背反的なものとして定立せざるをえないという、〈原情況〉の苛酷な被規定性からただちにのがれることはできない。

それと同時に、対自的プロレタリアートが、社会的生産の根幹の担い手としての自己自身のもつ普遍的・積極的な側面に依拠し、この側面を基軸として自己存在を転回せしめるのと同様に、対自的エゴイズムもまた、人間的欲望の追求という「エゴイズム」の普遍的・積極的な側面に依拠しつつ、この側面を基軸として、自己存在を転回せしめる。すなわちそれは、疎外された欲望（＝即自的エゴイズム）を、自己の内部に挿入された〈原情況〉の拘束性としてとらえ、この桎梏にとじこめられている自己の人間的・実存的欲望の解放によって、欲望構造そのものの転回をかちとるのである。

それは人間の欲望のいわば解放的昇華の過程としてとらえられる。

そしてこの自己解放への主体的根拠の定位は、〈私〉の個別情況の層や、〈私〉の属する集合態の特殊的利害情況等々の層に依拠するものでなく、（これらの具体的個別性をとおしてのみ把握されつつも）、究極的には、普遍的〈原情況〉そのものの層に依拠するものである以上、それは〈私〉自身にとっての当必然的課題であるばかりではなく、すべての〈私〉にとっての当必然的課題でもある。
　そしてこのとき、自己変革と世界変革はもはや異質の営為ではなく、人間の根底的な自己解放の唯一の当必然的過程として統合される。

初出＝『展望』第一二八号（筑摩書房、一九六九年八月）

わが著書を語る――人間解放の理論のために

この本は「解放の〈全体理論〉をめざして」という序文と「未来構想の理論」「人間的欲求の理論」「コミューンと最適社会」の三つの論文から成っている。

第一の論文は現代を支配している〈技術的合理主義〉〈心情的非合理主義〉との双方を、じつは同根の対立物として批判しながら、創造的な実践の論理の構築を企てたもの。

第二の論文は人間的な欲求のさまざまな矛盾を展開させながら、われわれの価値の究極の基準をどこに設定すべきかを追求したもの。そして第三の論文は、〈最適社会〉論と〈コミューン〉論の双方の意義と限界を追求しながら、人間社会のあるべき未来像を構想したものである。

若い真摯な読者の思考の素材となることを願っている。

初出＝『出版ニュース』八八六号（出版ニュース社、一九七一年一二月）

再読味読──『存在の詩』（一九七七年）

一九七七年に東京・西荻窪の「ほびっと村」というところで、カルロス・カスタネダの本について話をした時に、聴きにきていた目元の涼しい青年から一冊の本を贈られた。青年は仲間たちからプラブッダと呼ばれている日本人で、本は彼自身の翻訳で出版されたばかりの『存在の詩』という本だった。原著者は現代インドの思想家バグワン・シュリ・ラジニーシである。読みすすむうちにそれはわたしに、カスタネダによる〈ドン・ファン〉シリーズ以来の深い共鳴と、解き放たれて自由になってゆく感覚とを与えてくれた。それはわたしを変えるのではなく、わたし自身につれ戻してくれるもののように思えた。

ここ数年間主題とするつもりでいる〈自我の比較社会学〉という視角から、もういちどこの本を味読する時をもちたい。

近代的自我の文学の極致といわれるプルーストの『失われた時を求めて』は、〈こんにちはじめて目にする花は、私にとっては真実の花ではないように思われる〉とのべる。これに対してラジニーシは端的に、〈このバラだけが真のバラなのだ〉と語る。今、ここにある花をレアルなものとして生きることができるかできないか、このことにこそ、「近代的自我」という特殊な主体のあり方の存立の秘密はあるように思う。

〈回想〉〈記憶〉という名の過去に向かってであれ、〈希望〉〈目的〉という名の未来に向かってであれ、近代的自我は、〈時間への疎外〉というかたちでしか存立することができない（真木『時間の比較社会学』）。

それは、近代世界にあって、今、ここにある生のたしかさが減圧しているからだ。――〈不幸な心は、時間の中で生きる〉（ラジニーシ『究極の旅』）。それは〈わが主よ、これらのことの結末はどんなでしょうか〉（ダニエル書一二・八）という、あの旧約の根底の問いにまでさかのぼりうる、ひとつの歴史的世界の総体を対象化する視座を与えてくれる。

『存在の詩』のインド版原題は、“Tantra”であるが、アメリカ版はこの本の結論の一部をとって“Only One Sky”と題されている。わたしたちの「自我」の実体を追求してゆくと、究極の底にはひとつの空がある。この空は、外部の大空に向かってうちひらかれている。そのときそこには、ただひとつの空があるだけだ。

〈自我〉という幻影からの解放。

初出＝『朝日ジャーナル』一九八二年一一月一九日号（朝日新聞社）
＊本稿で紹介されている『存在の詩』はバグワン・シュリ・ラジニーシの著作（スワミ・プレム・プラブッダ訳、めるくまーる社、一九七七年）

ダニエルの問いの円環

ダニエル・エヴェレット『ピダハン』は、一九七七年から二〇〇六年まで三〇年近くの間、宣教師／言語学者として、アマゾンの小さい部族ピダハンの人たちと一緒に生活をした記録である。本書の理論的な主題の中心は、言語の根底的な文化相関性の論証にあるが、伴奏する主題としてわたしたちをおどろかせるのは、長年の布教の試みの末に、宣教師自身の方がキリスト教から離脱してしまうということである。ピダハンの「精神生活はとても充実していて、幸福で満ち足りた生活を送っていることを見れば、彼らの価値観が非常にすぐれていることの一つの例証足りうるだろう」。「魚をとること。カヌーを漕ぐこと。子どもたちと笑い合うこと。兄弟を愛すること」。このような〈現在〉の一つひとつを楽しんで笑い興じているので、「天国」への期待も「神」による救済の約束も少しも必要としないのである（Daniel L. Everett, *Don't Sleep, There Are Snakes: Life and Language in the Amazonian Jungle*, Pantheon Books, 2008／『ピダハン――「言語本能」を超える文化と世界観』屋代通子訳、みすず書房、二〇一二年）。

歴史の中に宗教的な「回心」は多い。わたしたちの知る多くはキリスト教への回心の物語である。キリスト教からの離脱も少なくないが、ほとんどは弾圧や迫害による敗北としての棄教である。宣教師ダニエルの場合、弾圧も迫害もなしに、この快活で人なつっこい人々に愛され助けられて生きてゆくうちに、キリスト教が彼の内部でいわば「溶解」してしまったのである。けれどもこの時ダニエルの中で溶解したのは、キリスト教という一つの偉大な宗教の全体よりも、さらに巨大な何かの一角であったと思う。

カール・ヤスパースは著『歴史の起源と目標』で、キリスト教の基層となったユダヤ教、仏教、儒教のような世界宗教と、古代ギリシアの最初の「哲学」が、すべてほぼ同じ時代に一斉に成立していることに着目し、これを〈軸の時代〉と呼んだ。紀元前八〇〇年から二〇〇年である。原因についてはアルフレッド・ウェーバーの騎馬民族によるユーラシア大陸席巻説が参考になると示唆した上で、わからないものとしている（Karl Jaspers, *Vom Ursprung und Ziel der Geschichte*, R. Piper, 1949／『歴史の起源と目標』重田英世訳、理想社、一九六四年）。

わたしの考えでは、〈軸の時代〉は、ヤスパースの考えよりも少しだけずれて、キリスト教の成立等に至る前六世紀から後一世紀までであるが、これはマイナーな修正である。〈軸の時代〉の成立の根拠については、貨幣経済の成立と急速な浸透（「鋳貨」の出現と普及）

に至った広域的な交易経済の成熟、これを基盤とする諸「都市」社会の自立的な展開＝人々の生活世界と精神世界が共同体の外部に向かって一挙に開放されたこと、このことの眩暈と不安、自由と恐怖が、生きることの確実な基準を求める根底的な思考へと人々を切実に駆り立てたこと、これら相互に密接に連動する変動の総体であると、わたし自身は把握している。

貨幣経済と社会の都市化と共同体からの離脱と生活世界の〈無念〉化は、〈近代〉の本質そのものに他ならないから、〈軸の時代〉とは近代に至る一つの巨大な文明の衝迫の起動の時代に他ならなかった。この時代に一斉に開花した宗教と哲学が、〈近代〉の終期に至る人々の生と世界を支える根幹でありつづけたのはこのためである。

このような把握は同時に、人間の歴史の全体についての、次のような把握ともよく整合する。

人間の歴史の生命曲線については以前にも書いたけれども、大して広く読まれている仕事ではない上に、この見晴らしをふまえておかないと論考が先に進まないので、最小限の要点を略記しておきたいと思う。

たとえば孤立した森に、この森の環境条件によく適合した種の昆虫を初めて数匹放つと、初めは少しずつ増殖し、やがて爆発的な大増殖期を迎え、森の環境限界に近づくと安定平衡期に入る。生物学ではロジスティック曲線として知られている（図）。地球という有限な環境の中で、人間という種も基本的にはこの法則を免れることができない。〈近代〉とはこのような人間という種の経験する一回限りの大爆発期の最終局面であったといえる（詳細は、見田宗介「現代社会はどこに向かうか」、『定本　見田宗介著作集』第Ⅰ巻、岩波書店、二〇一一年）。〈軸の時代〉とはこの第Ⅱ局面、〈近代〉に至る文明の起点であったと考えることができる。

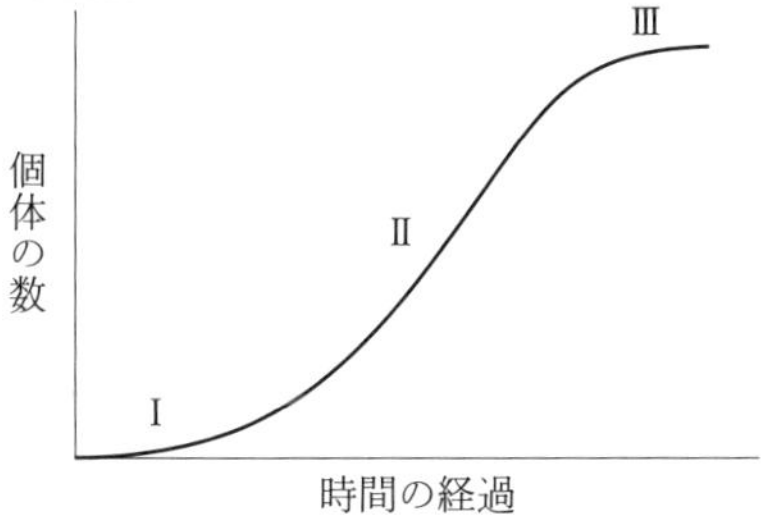

ロジスティック曲線

現代はどうか。世界人口の長期的な趨勢を見ると、一九七〇年頃を明確な分水嶺として、人口増加率は減少に反転している（見田、前掲論文、一七九頁の図4を参照）。つまりロジスティック曲線の第Ⅱ局面から第Ⅲ局面への「変曲点」を通過している。近代の産業社会の「終わりなき成長」という無限幻想は、地球環境の限界に近づきつつあることは明らかだから、人口曲線の変曲は、種の無意識の適応のようにさえ見える。もちろん現実には、複雑に屈折する無数のメカニズムをとおして貫徹するのだけれども。〈軸の時代〉が人間史の第Ⅰ局面から第Ⅱ局面への移行であったことと同じに、「現代」は人間史の第Ⅱ局面から第Ⅲ局面への移行の時代ということができる。

〈軸の時代〉の宗教と哲学の内、近代世界の形成の直接の基礎となったのは、ユダヤ教からキリスト教に至る系譜と古代ギリシアの哲学であるが、古代ギリシアの哲学が抽象化し、数量化し、合理化する精神において近代世界の骨格を形成したことに対して、ユダヤ教からキリスト教に至る系譜は、現在の生が〈未来〉によって価値づけられ、意味づけられるという、未来志向の精神において、近代世界のもう一つの衝迫を形成してきた（真木悠介『時間の比較社会学』（『定本　真木悠介著作集』第Ⅱ巻、岩波書店、二〇一二年）、第三章）。

生きることが、現在生きていることの幸福それ自体において充溢することがなく、未来における「結末」において初めてその意味を受けとるという、この未来主義的な時間の観念はしかし、古代ユダヤ教に本来固有のものではなかった。この観念は『イザヤ書』、『エレミヤ書』など旧約中期の預言書にもその萌芽を見ることができるけれども、明確なかたちをとって確立するのは、後期預言書の代表であると同時に黙示文学の最初のものである『ダニエル書』においてであった。この時間意識の基盤は多くの論者の指摘するとおり、時代のユダヤ民族の不幸であった。ことに『ダニエル書』は、シリア王アンティオコス・エピファネスによる徹底した迫害と受難の時代に、この現実の地上の絶望の徹底性に唯一拮抗することのできる、「未来」の救済の約束として霊感された。「主よ、これらのことの結末はどんなでしょうか」（『ダニエル書』一二・八）。すべてはダニエルのこの悲しい問いから始まっている。やがてキリスト教世界を支配する「最後の審判」という壮大な結末の物語もまた、この時預言者ダニエルの霊感において創造された。イエス・キリストの語るとおり、富める者が天国に入ることが「駱駝が針の穴を通ることよりもむつかしい」のは、このためである。天国はもともと不幸な者たちのためにつくられた場所であるからである。

今宣教師ダニエルの問いは、この預言者ダニエルの問いの、正確な反転である。未来にどのような「結末」も必要としないピダハンの人たちの〈現在〉とはどのようなものであろうかと。アマゾンの小さい部族は、どのようにこの地上において富める者たちであるのだろうかと。

一つの歴史が円環する。

「起源のダニエル」の悲しい問いの起動する一つの文明の衝迫は、未来へ未来へとその意味を求めて現在の生を手段化する禁欲と勤勉の精神によって、自然を征服し他者と競合し、やがて世界の果てまでもその版図とする強い繁栄を実現してきた。この巨大な成功それ自体の帰結として、今やすみずみまで開発された孤独な惑星は、人間にとって絶対的な環境限界として立ち現れる。人間という種が生き延びるならば、第Ⅲ局面は、持続可能な幸福の世界として構想されなければならない。第Ⅱ局面の昆虫にとって森は限りない征服の対象であるが、第Ⅲ局面の昆虫にとって森は共生の対象である。〈持続可能な幸福の世界〉は、他者や自然との〈交歓〉という単純な祝福を感受する能力の獲得をとおして、〈現在〉の生が、意味に飢えた目を未来にさしむける必要もなく充実してあることによって初めて可能である。それはどのような資源の浪費も環境の汚染も必要としないからである。一六世紀のスペイン人や一九世紀のイギリス人なら、ピダハンと接触しても信仰が溶解することはなかっただろう。ダニエル・エヴェレットは、若い日に一九七〇年代アメリカのヒッピー生活を経験しているが、現在この文明の先端部分で『ピダハン』が読まれ反響を呼んでいるのは、危機の向こうの永続する幸福の世界のための、単純明快な示唆の一つを感知するからであると思う。

ピダハンもいつか近代化するだろう。すでに彼らは町のマッチや医薬品を欲しがっている。それはピダハンの最大の恐怖マラリアから救ってくれる。この点だけでも文明のテクノロジーは素晴らしい。人間の歴史の第Ⅲ局面は「原始への回帰」のようなものでなく、第Ⅱ局面の達成の内の価値あるもののすべてをふまえた、〈高められた安定平衡期〉である。この局面の〈持続可能な幸福〉の世界のためにピダハンが寄与できることは、このテクノロジーの総体を意味のあるものとする、生きることの単純な幸福を感受する能力という、〈感性的な基底〉だけである。

ピダハンがこの地上において富める者たちであるのは、彼らが〈交歓〉の対象としての他者たちと自然たちという、涸渇することのない仕方で、全世界を所有しているからである。

初出＝『思想』一〇七〇号（岩波書店、二〇一三年六月）。のちに見田宗介『現代社会はどこに向かうか――高原の見晴らしを切り開くこと』（岩波新書、二〇一八年）の第3章「ダニエルの問いの円環――歴史の二つの曲がり角」として改稿し収録

訳詩

からだは溶けて宇宙となる……

からだは溶けて宇宙となる
宇宙は溶けて音のない声となる
声は溶けていちめんの輝きとなる
そして輝きはかぎりない歓喜の胸に抱かれる

＊パラマハンサ・ヨガナンダのことば、真木悠介訳（出典＝Santana『Caravanserai』〔ＣＢＳ／ＳＯＮＹ、一九七二年〕のＬＰジャケット／真木悠介『気流の鳴る音』ちくま学芸文庫、二〇〇三年、一七〇頁）

解説　二つの井戸、二つの風

今福龍太

〈真木悠介〉という名の知の衝迫は、〝社会学者〟見田宗介のなかからあるとき忽然と姿を現わした。一九六〇年代も終わろうとする、政治的に熱い時代のことである。存在としては、おそらく最初は少しおずおずと、控えめに出現した真木悠介だったが、存在そのものが幼生であるとき、真の誕生にむけての変容への内的意思はむしろ激しかった。その頃の語りは、ちょうど繭のなかで蝶や蛾が成虫となる組織を激烈なエネルギーによって形成するときのように、強く論理的な言語とヴィジョンによって裏打ちされることになった。本書には、著者が真木悠介として真に飛翔する前、あるいは（よりふさわしい言い方をすれば）真木悠介という精神《エスピリト》が著者のもとに真に来訪する直前の、はじまりの戸口で書かれた、存在としては幼生の、しかし表現としては激烈な文章も一部収められている（一九六九年発表の「解放の主体的根拠について」）。

　この幼生の季節の熱き葛藤をも秘めた、自己解放とコミューンの可能性をめぐる真木名義の最初の理論書『人間解放の理論のために』（一九七一）が出版されたあと、一九七三年から七六年にかけて、著者はインド、メキシコ、中南米へと彷徨の旅に出た。そしてこの旅こそ、前成の混沌の繭から脱した真木悠介という知性の全的な羽化を促す決定的な契機となったものである。著者もあるところで示唆していたように、この啓示的な旅から生まれた著作『気流の鳴る音』（一九七七）こそ、見田宗介と真木悠介という二つの知性、二つの存在を、はっきりと分ける分水嶺となったものである。このあと真木悠介はたったひとりで、いかなる分身的自己の助けも借りることなく、魂の荒野と密林を敢然と歩んでいったように私には思える。

　本書が主として収めるのは、近代知の黄昏に屹立する書物『気流の鳴る音』が書かれたあとの時期、空の見えざる気流を切りさいて飛ぶ真木悠介の羽ばたきの音がもっとも透明で研ぎ澄まされた響きを持つことになる、一九八〇年代の批評的エッセイ群である。息の長い考証による理論書のスタイルを捨て、短く鮮烈で直感的・断片的な逸話《アネクドート》と警句《アフォリズム》がやわらかく読者の心に触れてくる、真木悠介独自のスタイルの結晶化をここに見ることができるだろう。

　これらの文章で、著者は真木悠介という名に自ら込めようとした「悠々としたものによせる心」を読者に共有しようと呼びかける。インド、ベナレスの騒がしい街路で、そこだけぽっかりと開いた時空間の空白地帯に悠然とねそべっている牛。現代社会という疾走と効率の世界を停止させるこの「おそさ」こそ、反時代的であることによって真にアクチュアルなものへと反転する可能性を持った価値であることを著者は発見する。近視眼的な合理社会が行き着けない、もっとも「遠い」場所まで人間を連れてゆくことのできる牛たち。それは、地にのっそりと寝そべっているように見えて、じつは一瞬のうちに「この世界の外にまでつれていってくれる翼をもつ」、魂の軽快な乗り物なのである。

私自身も、いったい何度、メキシコの片田舎の村の埃っぽい路上で寝そべっていた牛たちの巨体を避けながら、ゆっくりと車を路傍に迂回させてやり過ごしたことだろう。ほんとうはそのとき、車など捨てて牛という魂の乗り物に飛び乗るべきだったのかもしれない。ギシギシと音をたてて通り過ぎる私の不格好な車などお構いなしに、牛たちは長い尻尾で糞に集《たか》るハエたちをゆったりと追い払いながら高貴な美しさのなかで無心を遊んでいた。村から離れ、牛たちの営みが発する柔らかな干草と糞の匂いが車窓から消えたとき、不意にあたり一面にコスモスの群落によって輝く桃色の平原が地平線まで広がった。悠々としたものたちに私が心を寄せることができた瞬間、神はこんな褒美をくれることもあるのだった。牛だけではない。別のとき、細い田舎道を真夜中に走っていると、道路で大の字になって寝ている男がいた。道は完全にふさがれ、男は酔っぱらっているのだろう、起きる気配は微塵もない。私は真っ暗闇の道で車のエンジンを止め、彼が起きるまで待つことにした。空が白みはじめるまで。そう、私は車だけでなく、ひとつの文明にブレーキをかけたのだ。このとき私は「世界を止めて世界のかなたへ」と飛び出す膂力を大地から授けられていたのである。

メキシコ、ナワトル族の「花と歌」をめぐる哲学的な詩を著者はしばしば引用している。それは、「意味」の抑圧を振り切ったインディオの「具体の生」の営みを知った者の、論理ではなく詩をもって生きようとするしずかな決意表明でもあるだろう。だがここでいう「詩」とは文学のジャンルのことではない。著者は触れていないが、「花と歌」はナワトル語で「イン・ショチトル・イン・

クイカトル」(「花ー歌」)すなわち二つの単語を連ねて飛躍させ「詩」という概念を生みだすインディオ独特の「連接語」だった。花は美しく咲き、やがて萎れてゆくもの。歌は美しく響き、やがて中空に消えてゆくもの。おなじように詩もまた美しく咲いては萎れ、美しく響いては消える。そのとき、萎れることも消えることも美しい。いや、萎れ消えるからこそ美しい。「詩」とはそのように、人間のことばを瞬間の充足へと導くことで、言葉なるものの壊れやすい結末を愛惜とともに諾《うべな》い、その限界を振り切るための途方もなく高度な技芸なのだ。学問の言葉が、こうした瞬間の技芸に届くことはけっしてない。それを知るからこそ、真木悠介の魂《エスピリト》は別種の言葉、花や歌のなかに隠されている秘教的ともいうべき言葉をたえず探し求めつづけた。

　南インドの家々の戸口に女たちの手で白い粉をもって描かれるうつくしい幾何学模様。タミール語で〈コーラム〉と呼ばれる儚《はかな》い、一日限りの芸術に心奪われる著者もおなじである。コーラムとは、その用途が何のためのものかがすでに分からなくなっている、ささやかで、ひめやかな、偶然のような小さな所作の産物。つつましく生きる民衆の日々の繊細な心の揺れそのもの。それは、瞬間の創造の悦びに自足することで、累積的で進歩的なものとして定立した現代の「時間」のニヒリズムを超越する。時間の切迫がもたらす死の恐怖と生の虚無とを同時に解放する。それは、一日ごとに消えては作り直されることで、「所有」へのオブセッションを取り払う。所有のための手段と化し、その結果として疎外され苦役と成り果ててしまった私たちの労働の現在を撃つ。そして、それじたい生きることであるはずの労働というものの美しく詩的な可能性に向けて私たちを目覚めさせる。

メキシコとインド。同じ地下水脈に別々に到達した二つの井戸。生命の水を汲み出すことのできる、交響する夢のコミューン。真木悠介のなかでも、そして私自身のなかでも、インドとメキシコは深く呼応する。私がたえず傍らに置いて読みつづけてきたメキシコの詩人オクタビオ・パスの、彼がインド大使時代に書いた詩集『東斜面』*Ladera Este*（一九六九）。そこには、この二つのくにが「遠き隣人」とか「対位法的パートナー」とかいった表現で呼ばれている。インドの庭でパスが書きつけた短い三行詩。「昨日の夜　一本のトネリコが／もうすこしでなにかを　わたしに／言おうとして――口をつぐんだ」。メキシコの褐色の大地にもたくましく生えているフレスノ（トネリコ）の樹にむけて、インドのトネリコ樹は、いまだ見ぬ親しい同胞へとこのとき呼びかけようとしたのだろう。パスはその沈黙の呼び声を、邂逅した二つの深井戸の水のたてる悦びのかすかな波動のように聞いた。

『インド、メキシコ――並び吹く風』*India, México: Vientos Paralelos*（二〇〇二）という写真集もあった。インドとメキシコの写真家がそれぞれ相手の土地の風景を撮り、さらにそこにブラジルの写真家による双方の土地の風景がないまぜになったような写真がならぶ刺激的な競作写真集である。遠く離れた二つの土地の風景が「並び吹く風」のように手をつないで荒野を渡り、街中の二重のつむじ風となって甲高い声をあげる。たしかにこの二つの土地は、千年紀をまたがって営まれた古代文明の深い歴史を内蔵しつつ、植民地化された歴史の重い矛盾を生きてきた。にもかかわらずインドもメキシコも、西欧的な生存の原理に染まることなく、自然とともに生きる慎ましい民衆の日常の叡知に根ざした生存の権利を求めつづけ、権力への抵抗者ガンディーを、そして革命家サパタを生んだ。オクタビオ・パスは南インドの優美な弦楽器ヴィーナの演奏会の庭での感興をこう書いている。「わたしはさまよい歩く　自分自身の中心にいて」。インドとメキシコに限られない、思いがけない二者の偶然の呼応、深い必然の邂逅を言い当てる、的確な表現である。よく知った自分自身の中心にいる、と確信しながら、未知の感興とともにさまよい歩くことのできる場所。独占的な自我の殻に穴が開き、そこに他者という包容力ある風が吹き込んで来、なおも「わたし」のよりゆたかな充満が感じられるという、魔法のような瞬間である。

本書の記述を敷延すれば、「わたし」とは幸福の水脈を求めて世界を掘りつづける井戸である。そして「われわれ」とは、それぞれの場所でこのおなじ探求をおこなう無数の井戸である。それらの無数の井戸が、それぞれの探求の情熱と汗に見合う深さと美しさを備えつつ、人類にとっての「普遍的な地下水」に到達するとき、そのときの漣《さざなみ》の呼応、その井戸と井戸の思いがけない邂逅こそ、何ものにも代えがたい希望のコミューンのあかしである。

この思いがけない呼応、この不意の邂逅は、自ら求めた恣意的な出会いというよりは、偶発的な「出会われる出会い」である。真木の使うこの不思議な受動態。「出会われる」とは、あるがままに存在することによって、いわば来訪的に生じる出会いである。この示唆的な受動態は、真木悠介独特の語彙として無数のヴァージョンをもつ。「表現」とは「あらわす」ことではなく「あらわれる」

ことである。この顕現の美しさに拠りさえすれば、表現は生を裏切らなくなる。自分から「創る」のではなく、なにものかによって自分は「創られる」のである。この自己内創造の他律性を信じさえすれば、自我という頸木《くびき》から人間はやわらかく解放される。

私は、真木悠介という深い井戸に世界のどこかの水脈をつうじて巡りあう、いや巡りあわれる、もう一つの深い井戸でありたいと願う。真木悠介といううきらめく一陣の風とならんでこの世を吹きぬける、もう一つの涼やかな風でありたいと願う。真木は、その井戸が、その風が、どのような性質をもったものであるべきかについては語らない。井戸を掘る目的も、風が吹く理由も、私たちの生の刹那の充足にとっては不要だからである。因果にからめ捕られた直線的な「絶対時間」のなかで未来に目標を設定したり、過去に原因を求めたりすることなく、ひとりひとりがいまここ、自分のいまの歓びと闘いの場所で時の充実を生きること。道具的に操作される時間から離れて、真木があらたな命を吹き込んだ言葉でいえば「コンサマトリー（現時充足的）な生」を生きること。それによって、真木悠介という井戸、真木悠介という風に遠い木霊を送りながら、私という井戸はおのずから清冽な水脈を探りあて、私という風はおのずから推進力を得て森や草原とほがらかに戯れることができるだろう。そして、あなたもまた。

本書の最後に、これからを生きる読者への真木の「ことづて」ともとれるような、二人のダニエルの話がある。旧約聖書における預言者として、未来を強く衝迫する近代世界の欲望の端緒をつくったダニエル。そして、布教のために入った南米インディオの集落で、彼らの永続的な自足世界に自らの信仰を溶解させてしまった現在の宣教師ダニエル。近代という「時」の線分の最初と最後にたたずむこの二人のダニエルをあざやかに対照させることで、著者は、現代社会の富と繁栄の背後にあるイデオロギーの根源を示し、自然や他者との即時的でコンサマトリーな交歓のなかにひそむあらたな「幸福」と「富」の実現可能性を夢見る。未来に想定される「最後の審判」への強迫観念から離れ、現在の生をそのまま宇宙へと解き放つときに閃《ひらめ》く「花と歌」を守り抜く意思を呼びかける。

私は思いだす。四〇年前のメキシコで、ミチョアカン州の山間の奥地に忽然と出現した新興共同体ヌエバ・ヘルサレン（新エルサレム）を訪ねたときのことを。それは千年王国の到来を信ずる終末論的なキリスト教徒たちがメキシコ全土から集まって、バラック造りの教会を中心に、やがて到来する「最後の審判」を生き延びようとする矛盾に充ちた禁欲共同体だった。新聞、テレビからコンピューターにいたるすべての情報文明の利器を断ち切り、娯楽やスポーツを禁じ、厳格な服装の戒律を押し付け、メシア的教祖への絶対的忠誠をもとに外界から遮断されて自閉を生きるアンチ・コミューン。私は、その末期的な反‐文明性のなかに、逆にいまの文明社会の写し絵を見たように思った。誰一人として笑顔の者はおらず、押し黙って下を向く住民の表情には幸福感や充足感のかけらも感じられなかった。ここにはあの第二のダニエルの啓示が生まれる余地がどこにもないことは明らかだった。むしろ第一のダニエルの予言の果てに訪れるかもしれないアンチ・ユートピアの影がそこには深く兆していた。『気流の鳴る音』が生まれた珠玉のようなメキシコに隠された、このような反転世界の苦い存在を、私はそれから深く批判的に考えつづけてきたのである。

　コミューンを希求する真木悠介の「ユートピア」が、諦めをともなった悲観にも、非現実的な夢想にもならないのは、それが「未来の救済」という現実疎外的な意識の場所にはないからである。それが徹底してわたしたちの「いま」に内包されたユートピアの可能性を呼ぶ言葉だからである。そこでは、「いま」のゆたかな充足にむけて、私たちのこの生活を実践と理念との両方においてどのように不幸から幸福へと反転させることができるかが、たえず探求されている。その地に足のついた探求の実践のなかに、抽象理論ではない、メタ実践としての生き生きと生きられた理論が交響することができるように。

　学問から詩へと飛翔しようとした、これらのやわらかいことばの背後にある、戦闘的で秘儀的ですらある声の厳格なトーンを、私たちは聞きのがさないでいよう。その覚悟において、わたしとあなたという二つの井戸、二つの風は、真に出会うことができるのである。美しい花と歌が不意に来訪するように、「出会われる」ことができるのである。


（いまふく・りゅうた／文化人類学者・批評家）

編集協力　アサノタカオ

著者
真木悠介（まき・ゆうすけ）
1937年、東京生まれ。著書に『定本 真木悠介著作集 I〜IV』『人間解放の理論のために』『現代社会の存立構造』『気流の鳴る音』『時間の比較社会学』『自我の起原』『旅のノートから』。見田宗介名で『定本 見田宗介著作集 I〜X』『現代社会はどこに向かうか』『社会学入門』『現代社会の理論』『宮沢賢治――存在の祭りの中へ』『まなざしの地獄』『白いお城と花咲く野原』など。2022年逝去。

うつくしい道をしずかに歩く
――真木悠介 小品集

2023年3月20日　初版印刷
2023年3月30日　初版発行

編　者　河出書房新社
装　幀　松田行正
発行者　小野寺優
発行所　株式会社河出書房新社
〒151-0051
東京都渋谷区千駄ヶ谷2-32-2
電話03-3404-1201（営業）
03-3404-8611（編集）
https://www.kawade.co.jp/
組　版　KAWADE DTP WORKS
印　刷　株式会社亨有堂印刷所
製　本　大口製本印刷株式会社

Printed in Japan
ISBN978-4-309-23125-9

見田宗介

まなざしの地獄

尽きなく生きることの社会学

日本中を震撼させた連続射殺事件を手がかりに、
60〜70年代の日本社会の階級構造と、
それを支える個人の生の実存的意味を浮き彫りにした名論考。
現代社会論必携の書。
解説・大澤真幸

ISBN978-4-309-24458-7

河出書房新社

見田宗介

白いお城と花咲く野原

現代日本の思想の全景

日本の社会学を牽引し続けた巨星・見田宗介。
伝説と化している「論壇時評」(朝日新聞、
1985年1月～86年12月)が復活。
見田社会学の神髄を洗練された文体とともに堪能できる一冊。
解説・大澤真幸

ISBN978-4-309-23122-8

河出書房新社